Johannes von Buttlar, 1940 in Berlin geboren, verbrachte seine Jugend in Australien, studierte dort zunächst Psychologie und Philosophie, später in England Mathematik, Physik und Astronomie. Er war langjähriger Mitarbeiter eines der bedeutendsten Institute für wissenschaftliche Informationen in Philadelphia. Heute ist Johannes von Buttlar als freier Schriftsteller einer der erfolgreichsten internationalen Wissenschaftsautoren. Seine Bücher, darunter »Schneller als das Licht«, »Zeitsprung«, »Der Menschheitstraum«, »Das UFO-Phänomen«, »Der Supermensch« und »Die Einstein-Rosen-Brücke«, sind inzwischen in 27 Ländern erschienen.

Originalausgabe

Umschlaggestaltung Adolf Bachmann
Umschlagfoto Mall Photodesign
Satz IBV Satz- und Datentechnik, Berlin
Druck und Bindung Clausen & Bosse, Leck
Printed in Germany · 1 · 11 · 485
ISBN 3-426-01317-7

1. Auflage

Johannes von Buttlar:
Der Marder

Ein explosiver Thriller

ISBN 3-426-01317-7 780

Für Ila

Prolog

Moskau Zentrum, Dserschinskij-Platz
Dienstag, 26. August

Vor dem gelbgrauen sechsstöckigen Gebäudekomplex steht auf einem hohen, runden Sockel ein steinerner Herr in fußlangem Mantel. Er kehrt der jüngst renovierten neugotischen Fassade den Rücken zu, und es scheint, als beobachte er den trägen Verkehr auf dem Dserschinskij-Platz in weiser Gelassenheit und Güte.

Doch der Berufsrevolutionär Feliks Edmundowitsch Dserschinskij, Abkömmling einer polnischen Adelsfamilie, wurde nicht um seiner Güte willen in Stein gehauen und auf einen Sockel erhoben. Diese Würdigung verdankt er vielmehr der Tatsache, daß er die berüchtigte Tschreswytschainaja Komissija – die Außerordentliche Kommission zur Bekämpfung von Konterrevolution und Sabotage, abgekürzt Tscheka – gegründet hat.

Noch in Fleisch und Blut, gab der linientreue Dserschinskij der Presse einst bekannt: »Die Tscheka ist verpflichtet, die Revolution zu verteidigen und den Feind zu besiegen, auch dann, wenn ihr Schwert zufällig die Köpfe Unschuldiger trifft.«

Binnen achtzehn Monaten ordnete er in zwanzig Gouvernements Zentralrußlands ohne Gerichtsurteil unzählige Erschießungen und Massenverurteilungen an.

Die Tscheka und ihre Nachfolgeorganisationen – GPU, NKWD und KGB – haben ganze Arbeit geleistet! Eine ungeheure Zahl von Konterrevolutionären, Saboteuren und Spionen fand durch sie den Tod. Und es blieb nicht aus, daß die Schwerter auch die Köpfe Unschuldiger trafen.

Dserschinskijs Weisheit und Gelassenheit täuschen. Sein Denkmal erhebt sich über einer Gefängnis-Unterwelt, die mehrere Etagen tief unter den Gebäudekomplex mit der neugotischen Fassade reicht. Nichts weist darauf hin, wer dort amtiert, aber jedermann weiß, daß sich hier und in dem 1945 von deutschen Kriegsgefangenen errichteten achtstökkigen Anbau das gefürchtete KGB-Hauptquartier, die »Lubjanka«, befindet. Sie wurde über dem längst zugeschütteten Flüßchen gleichen Namens errichtet. Und Lubjanka heißt zu deutsch »Die Liebliche«.

Das Komitee für Staatssicherheit – Komitet Gossudarstwennoj Besopasnosti – bildet das Fundament der Sowjetgesellschaft. Schwert und Schild, die Hoheitszeichen im Wappen des KGB, symbolisieren die Macht der Parteiführung und ihren Willen, sich notfalls mit Waffengewalt durchzusetzen. Regimegegner im Lande wissen wie jeder loyale Bürger: kontrolliert wird alles – Gedanken, Worte und Verhalten.

Aber auch außerhalb der Sowjetunion ist diese mächtige Behörde tätig. Sie organisiert unter anderem politische Unterwanderung, Infiltration, Desinformation, Sabotage und Spionage – vor allem in Wissenschaft und Industrie. Zu diesem Zweck sind im Ausland mehr als 90000 Kagebetschiks eingesetzt. Ohne diese KGB-Angehörigen wäre die Entwicklung der sowjetischen Wissenschaft und Technologie ganz anders verlaufen.

1

Moskau Zentrum, Dserschinskij-Straße 2
Dienstag, 26. August, 14 Uhr 20

Eine schwarze ZIL-Limousine wartet vor dem Portal Dserschinskij-Straße 2. Generalmajor Boris Suslikow, ein hochgewachsener Mann in den Sechzigern mit asketisch-intellektuellen Zügen, tritt heraus.
Auf dem Weg zu seinem Dienstwagen verhält er kurz und zieht eine Packung Camel aus der Uniformtasche. Nachdenklich steckt er eine Zigarette in eine silberne Spitze und zündet sie an. Beim Aufblitzen des Feuerzeugs schweift sein Blick absichtslos über den Platz und zum Kaufhaus »Kinderwelt« nebenan. Mechanisch verstaut er Zigaretten und Feuerzeug wieder in der Tasche. Dann geht er auf seinen Dienstwagen zu. Sein Fahrer, ein Leutnant, wartet bereits diensteifrig neben der geöffneten Fondtür der Limousine.
»Zur Ersten Hauptverwaltung«, befiehlt er dem Fahrer leise und läßt sich in die Polster zurücksinken.
Generalmajor Suslikow ist Chef der Ersten KGB-Hauptverwaltung, die zwanzig Kilometer südwestlich von Moskau stationiert ist. Hinter dem Dorf Toplyj Ustan (warme Stelle) hat man auf freiem Feld einen Mammutbau aus Stahl, Beton und Glas errichtet, in dem alle KGB-Aktivitäten »Ausland« geplant, koordiniert und überwacht werden. Hier liegt die Zentrale für Aufklärung, politische Unterwanderung, Spio-

nage und Gegenspionage, Desinformation, Sabotage, Infiltration von Agenten in gegnerische Geheimdienste und anderes mehr. Nicht zuletzt befaßt sie sich mit dem Spezialgebiet »mokrijedjela«, mit »nassen Angelegenheiten«, so genannt, weil bei Liquidierungen Blut fließt.

Der ZIL passiert das Dreifaltigkeitstor mit dem roten Neonstern auf dem kathedralartigen Turm, fährt an der Westmauer des Kreml entlang und biegt dann in den Kalinina-Prospekt ein. Viel zu früh, denkt Suslikow und drückt seine Zigarette im Aschenbecher aus. So gute Fortschritte die Ausbildung der GRU-Spezialeinheit Speznas auch gemacht hat – sie jetzt schon einzusetzen wäre doch verfrüht. Viel zu riskant. Diese Hauruckmethoden von Viktor... Noch klingt ihm Tschebrikows Stimme im Ohr: »Wir haben keine andere Wahl, Boris. Der richtige Zeitpunkt für die Aktivierung der Speznas ist jetzt. Das Politbüro hat entschieden.«

Das Politbüro? Nein, Viktor Tschebrikow hat entschieden, denkt Suslikow. Mit undurchdringlicher Miene schaut er zum Wagenfenster hinaus. Als oberster KGB-Chef kann Tschebrikow Entscheidungen im Politbüro verhältnismäßig leicht beeinflussen. Während Suslikow sich noch einmal Einzelheiten der Unterredung ins Gedächtnis ruft, sieht er den KGB-Vorsitzenden im Geist vor sich.

Als Suslikow den Prunksaal mit dem kostbaren Schreibtisch im dritten Stock der Dserschinskij-Straße 2 betreten hatte und der mit dem Marschallstern ausgezeichnete Armeegeneral ihn so ungewöhnlich jovial begrüßte, vermißte Suslikow geradezu das sonst übliche Mißtrauen in den abwägenden, hellen Augen seines Vorgesetzten.

In dem angenehm kühlen Saal waren sie zu einer Sitzgruppe gegangen und hatten es sich bequem gemacht. Während ihnen eine Sekretärin in Uniform eiskalten Krimsekt einschenkte, hatten sie ein paar belanglose Worte gewechselt, aber Suslikow war längst klargeworden, daß er mit Problemen rechnen mußte, daß wieder einmal gefährliche Verantwortung auf ihn zukommen würde. Verantwortung, die ihn den Kopf kosten konnte. Unmittelbar nachdem die Sekretärin den Saal verlassen hatte, war Tschebrikow zur Sache gekommen.

»Du trägst die Verantwortung dafür, daß unsere Sabotage so wirkt, als hätten die Amerikaner die Panne selbst verschuldet. Technisches oder menschliches Versagen«, hatte er mit einer wegwerfenden Handbewegung zu ihm gesagt. Und nach einer Pause, in der Viktor sein Glas steif zum Mund geführt und dann wieder auf dem Tisch abgestellt hatte, war er fast genüßlich fortgefahren: »Eine zweifellos günstige Ausgangsbasis für Verhandlungen mit den Amerikanern... Wasser auf die Mühlen von Nachrüstungsgegnern in Europa und eine dramatische Entfachung des Antiamerikanismus. Eine Schwächung der gegenwärtigen Regierung in der BRD und damit auch der NATO. Mit etwas Glück könnten wir durch diese und zusätzliche Aktionen sogar einen dauerhaften Keil zwischen die Europäer und Amerikaner treiben.« Tschebrikow hatte sich sehr optimistisch gegeben.

Aber zum jetzigen Zeitpunkt kann die ganze Speznas-Aktion leicht ins Auge gehen, denkt Suslikow. Sie könnte sich sogar als Bumerang auswirken.

Der ZIL fährt über die Kalininskij-Brücke, läßt die bleiern dahinfließende Moskwa hinter sich und setzt seinen Weg nach Südwesten auf dem breiten Kutusowskij-Prospekt fort.

Wenn aufgedeckt werden würde, daß die UdSSR für den Fehlstart einer Pershing 2 und die Nuklearexplosion in der BRD verantwortlich sind, wäre das eine unausdenkbare Katastrophe für uns. Unschlüssig greift Suslikow nach dem

Hörer des Autotelefons. Dann legt er ihn wieder auf. Seit Jahren bemüht man sich um subtile Methoden in unserer Arbeit, und jetzt so eine leichtfertige Aktion. Eigentlich, denkt er, entspricht sie ganz dem Horror-Image, das von den Imperialisten über den KGB verbreitet wird. Erneut zündet er sich eine Zigarette an.
Trotz der voll aufgedrehten Lüftung ist es drückend heiß im Wagen. Suslikows Fahrer weiß, daß er die Klimaanlage nicht einschalten darf, der General ist anfällig für Halsentzündungen. Mit einem Knopfdruck läßt Suslikow ein Fenster herunter. Sein Blick fällt auf ein Birkenwäldchen am Rande der Landstraße, und er glaubt die Stimme seiner Mutter zu hören:

»Und so steht die Birke
lautlos traumgebannt,
und die Flocken brennen
ihren goldnen Brand.«

Sie hatte die Gedichte von Sergej Jessenin besonders geliebt. Und er ist in einem alten verschachtelten Landhaus am Rande eines Birkenwäldchens aufgewachsen. Seiner Mutter hatten Poesie und Musik alles bedeutet. Die Muße dafür brachte sie immer auf, obwohl sie eigentlich ein unruhiger Geist gewesen war. Hätte sie ihren Willen durchsetzen können, so wäre ihr Boris Konzertpianist geworden. Und wirklich hat Suslikow ihre musische Ader geerbt. Noch heute ist er ein guter Klavierspieler. Aber der Vater wollte, daß sein Sohn ihm nacheifere. Er hatte als Landarzt in der Nähe von Jaroslawl, am Oberlauf der »Matjuschka« – dem »Mütterchen Wolga« – gearbeitet. Suslikow erinnert sich an ihn als einen melancholischen, etwas passiven Mann ohne politische Ambitionen. Den jungen Boris interessierte dagegen Politik weit mehr als Musik und Medizin. Und so hatte seine

Karriere in der Jugendorganisation der kommunistischen Partei »Komsomol« begonnen. – Im Zweiten Weltkrieg hatte er dann als Partisan hinter den deutschen Linien gekämpft. Und nach gründlicher Ausbildung in der Frühzeit des Kalten Krieges wurde er in den fünfziger Jahren als Botschaftsattaché nach Paris beordert, wo er seine Fähigkeiten in der Wirtschafts- und Industriespionage unter Beweis stellen konnte. Er war unaufhaltsam aufgestiegen, hatte gefährliche Klippen bewältigt und – anders als manche seiner Kameraden und Konkurrenten – auch üble Intrigen im Machtkampf der KGB-Hierarchie überlebt.

Unsere Organisation ist viel zu aufgebläht, denkt Suslikow, überbesetzt, überzentralisiert und bis zum Exzeß bürokratisch. Zu allem Überfluß weist sie Leistungsmängel auf, die in einer kapitalistischen Gesellschaft wohl kaum geduldet würden.

Sein Blick fällt auf die Schultern seines Fahrers und verharrt einen Moment auf dem schweißnassen Hemdkragen. Der Agentennachwuchs von heute hat es zu leicht, sinniert Suslikow weiter. Diese von Kindheit an mit westlich dekadentem Firlefanz überfütterte privilegierte Elite! Schulen mit wohlklingenden Namen stehen ihnen zur Verfügung, aber lernen mögen sie nicht. Und nach der Ausbildung können sie nicht schnell genug ins Ausland versetzt werden – möglichst in den kapitalistischen Westen.

Speznas dagegen! Die sind aus anderem Holz. Spitzensportler, Elitesoldaten – und fähige Agenten, die notfalls auch zu töten verstehen.

Sie biegen vom Autobahnring ab in eine schmale Straße, die durch einen dichten Wald führt. Das Anhalten des Wagens reißt Suslikow aus seinen Gedanken. Sie stehen vor dem Tor eines meterhohen Maschendrahtzauns. Die dünnen Drähte darüber verraten, daß er elektrisch geladen ist. Den

Zaun entlang verläuft ein Trampelpfad, auf dem schwerbewaffnete Soldaten mit Schäferhunden patrouillieren. Die in regelmäßigen Abständen aufgestellten Warnschilder tragen die Aufschrift:

WASSERSCHUTZGEBIET
Unbefugten ist der Zutritt strengstens untersagt

Am Tor salutieren zwei Wachposten, öffnen das Tor und lassen Generalmajor Suslikow passieren. Videokameras halten den Vorgang automatisch fest. Die Limousine fährt an und folgt einer gepflegten Asphaltstraße. Nach knapp einem Kilometer hält der ZIL auf einem kreisförmigen Parkplatz vor einem weiteren, mit Stacheldraht bewehrten Maschendrahtzaun. Der Kern des Geländes kann nur durch das Drehkreuz in einem Wachhäuschen betreten werden.
Der General zeigt dem Wachposten in der khakifarbenen Paradeuniform – mit blauen Divisionszeichen an den Aufschlägen und blauen Streifen an der Hose – seinen Spezialausweis, eine lederfarbene Plastikkarte mit dem Foto des Inhabers und einem Lochcode.
Hinter dem Zaun erhebt sich ein gewaltiges, siebenstöckiges Gebäude mit dem Grundriß eines dreizackigen Sterns. Dieses futuristische Bauwerk hat ein finnischer Architekt aus Beton, Aluminium und Glas errichtet, und für die vielen Fenster hat er blaue Steineinfassungen gewählt. Beinah unwirklich schön ragt der Bau, das Sonnenlicht widerspiegelnd, in den blauen Augusthimmel.
Auf dem Bronzeschild am Eingang steht in kyrillischen Buchstaben: WISSENSCHAFTLICHES FORSCHUNGSZENTRUM.
In dem so perfekt abgesicherten Gebäude herrscht rege Betriebsamkeit. Es beherbergt einen Irrgarten von Abteilungen, Unterabteilungen, Büros, Konferenzräumen, Archiven und Computerzentren. Dazu kommen Forschungs- und

Entwicklungslaboratorien der verschiedensten Fachgebiete – von Waffentechnologie über Elektronik bis zur Chemie und Pharmakologie. Und überall wimmelt es von Kagebetschiks in Uniform und Zivil. Die Großantennen auf dem Flachdach sind mit den rund um die Uhr besetzten Sende- und Empfangsanlagen in den Kellergeschossen verbunden. Wachposten salutieren respektvoll, als Generalmajor Suslikow durch die doppelte Glastür das luxuriöse Marmorfoyer betritt.

2

Toplyj Ustan, Erste KGB-Hauptverwaltung
Dienstag, 27. August, 16 Uhr

Generalmajor Suslikow mustert die acht Männer am Konferenztisch.
»Diesmal können wir uns keine Pannen erlauben, Genossen«, sagt er schneidend. »Ihr alle wißt, daß ein besonders schwieriger und riskanter Auftrag vor uns liegt. Wenn dabei auch nur das geringste schiefgeht, gibt es eine Katastrophe, und unsere Köpfe rollen.«
Er füllt sein Glas aus einer schweren Kristallkanne. Das Geräusch klingt in dem beklommenen Schweigen fast anstößig.
Der fensterlose, holzgetäfelte Konferenzraum liegt im sechsten Stock der Ersten Hauptverwaltung. Suslikow, an der Stirnseite des in T-Form gearbeiteten massiven Konferenztisches aus Eichenholz, führt den Vorsitz. Rechts neben ihm stehen vier Telefone – schwarz, weiß, grün und rot. Die Platte des Konferenztisches ist bis fast an den Rand mit dunkelgrünem Leder eingelegt. Darauf sind Aschenbecher verteilt, eine Kiste mit Havannazigarren und ein Behälter mit Zigarettenpackungen verschiedener russischer und westlicher Marken. In den Gläsern und den mit eisgekühltem Mineralwasser oder Tee gefüllten Kristallkannen bricht sich das Licht der in die Decke eingelassenen Strahler.

Hinter Suslikow hängen drei goldgerahmte große Porträts. In der Mitte das Lenins, rechts von ihm das des Staatsoberhaupts, des Generalsekretärs des ZK, und links davon das Bild des KGB-Vorsitzenden. Ein breiter, mit schalldichtem Glas abgesicherter Schlitz über Lenins Kopf verrät den hinter dieser Wand liegenden Projektionsraum. In der Mitte der Längswand, links von der Stirnseite, befindet sich die einzige Tür des Konferenzraums. Sie ist schalldicht.
An der Längsseite des Tisches, mit dem Rücken zur Tür, sitzen auf grüngepolsterten, hochlehnigen Stühlen die Generäle Alexander Fedortschuk – der mürrisch dreinblickende Chef des militärischen Geheimdienstes GRU – und der drahtige Michail Solokow, Leiter von Sektion 8, Sabotage. Diesem zur Linken ist der etwas farblos wirkende Anatolij Zwigun, Chef der Abteilung 4, mit dem Zuständigkeitsbereich Bundesrepublik Deutschland plaziert. Wie immer bei Besprechungen, liegt ein Stoß Akten vor ihm. Und wie meistens greift er auch heute kaum auf sie zurück. Als letzter auf dieser Seite Jurij Kreschnatik, Chef der Abteilung 2, verantwortlich für Sonderagenten. Ihm gegenüber, in einem schlecht sitzenden dunklen Anzug, raucht Jegor Kirilenko, Chef von Dienst A – Desinformation – eine Papirossa. Links von Kirilenko thront wuchtig Generalleutnant Wladimir Golschenko. Hinter seinem massigen Körper sieht der steife Polsterstuhl beinahe zerbrechlich aus. Der General ist für die in Jamorow stationierte Spezialeinheit Speznas verantwortlich. Der nächste, Gauloise-Kettenraucher Bogdan Janskoij, wirkt in dieser strengen Runde in seinem eleganten Sommeranzug aus feinstem englischem Tuch geradezu provozierend lässig. Nachdem er mehrere Jahre als UNO-Delegierter in Genf und New York verbracht hat, ist ihm seit kurzem die Direktion S mit dem Zuständigkeitsbereich politische Aufklärung unterstellt. Als letzter schließt sich der für die Abteilung 14 – Waffentechnologie – verantwort-

liche Professor Georgij Lewin an. Sein weißer Laborkittel macht neben den Zivilanzügen und den medaillengeschmückten Uniformen einen etwas deplazierten Eindruck.

»Ich rekapituliere«, fährt Suslikow fort, nachdem er bedächtig einen Schluck Tee getrunken hat. »Es darf nicht der geringste Zweifel daran aufkommen, die Amerikaner hätten dieses –« Suslikow sucht nach einem passenden Ausdruck, »– dieses Malheur selbst verschuldet. Sie kennen alle die Sicherheitsvorkehrungen der Amerikaner für die Pershing 2.«

»Die richtige Antwort auf Murmansk«, brummt GRU-Chef Fedortschuk zustimmend. »Bei dieser Sabotageaktion sind praktisch die gesamten Munitionsbestände unserer Nordmeerflotte draufgegangen. Die Schweinerei geht auf das Konto von Agenten imperialistischer Kriegstreiber, da bin ich sicher.«

»Mußt du unbedingt an dieses Fiasko erinnern?« meint General Solokow mit vorgestrecktem Kinn zu seinem Tischnachbarn. »Wenn deine Leute gespurt hätten, wäre es zu dieser unglaublichen Panne gar nicht erst gekommen.«

»Bomben, Torpedos, Granaten, Lenkwaffen, Raketen – alles futsch!« Der Waffenexperte Lewin nickt bedauernd und blickt gedankenverloren den Rauchringen seiner Havanna nach.

»Spielst du auf die Trehold-Affäre an?« erkundigt sich Bogdan Janskoij süffisant.

»Zur Sache, Genossen«, mahnt Generalmajor Suslikow, um einer Auseinandersetzung vorzubeugen. »Wir wissen alle, daß Oberst Trehold als leitender Beamter des norwegischen Außenministeriums und Geheimnisträger der obersten Stufe fünfzehn Jahre lang unschätzbare Dienste für die Sowjetunion geleistet hat. Aber –«

»Um so bedauerlicher«, fällt Generalleutnant Kreschnatik ihm ins Wort, »daß er mit all den Geheimdokumenten im

Koffer in letzter Minute erwischt wurde – und das ausgerechnet auf dem Osloer Flughafen vor seinem Abflug nach Wien.« Aufgebracht leert Kreschnatik sein volles Glas in zwei Zügen.
»Schluß jetzt«, ruft Suslikow irritiert. »Wir sind nicht hier, um über Schnee von gestern zu diskutieren, sondern um einen Aktionsplan für den Einsatz der Speznas festzulegen. Beginnen Sie mit Ihrem Vortrag, Georgij«, fordert er Professor Lewin mit einer Handbewegung auf. Gleichzeitig betätigt er einen Schalter an der Unterkante des Schreibtisches.
Sorgfältig legt Lewin seine Havanna auf einem Aschenbecher ab. Dann steht er auf und streift ein paar Strähnen seines vollen grauen Haares aus der Stirn. Während er sich gemessen der Wand gegenüber von Suslikow nähert, wird diese langsam von einer aus der Decke herabgleitenden Leinwand verdeckt. Als die helle Beleuchtung des Konferenzraums in Dämmerlicht übergeht, formen sich auf der Leinwand die Konturen einer Pershing 2 auf ihrer Abschußrampe. Wie ein überdimensionales Phallussymbol ragt sie empor. Selbst von dem düsteren Schwarzweißdia geht ungeheure Bedrohung aus.
»Bevor ich auf Einzelheiten eingehe, erst ein paar generelle Daten über die Pershing 2, selbst wenn sie Ihnen bekannt sind«, beginnt Professor Lewin, der sich rechts neben die Leinwand gestellt hat.
»Hersteller dieser Mittelstreckenrakete ist das Luft- und Raumfahrtunternehmen Martin Marietta Corporation in Orlando, im amerikanischen Bundesstaat Florida. Die Pershing ist mit zwei Antriebsstufen und einem 80-Kilotonnen-Nuklearsprengkopf ausgestattet.« Lewin greift nach dem Zeigestock in der Ablage des Leinwandrahmens und tippt damit auf den Gefechtskopf und die beiden Antriebsstufen auf der Leinwand. »Von der BRD aus kann diese Rakete in

neun bis vierzehn Minuten westlich von Moskau gelegene Ziele erreichen und hat dabei eine Treffsicherheit von zehn bis dreißig Metern. Also nur eine maximale Zielabweichung von zehn bis dreißig Metern«, verdeutlicht Lewin, sichtlich fasziniert. »Ihre Reichweite beträgt allerdings nicht mehr als 1850 Kilometer, also nicht einmal die Hälfte unserer SS-20. Ihre Antriebsstufen bringen die Pershing in fast 400 Kilometer Höhe. Gelenkt wird sie durch ein Trägheitsnavigationssystem, das über einen Mikrocomputer hydraulisch arbeitende Steuerklappen aktiviert. Beim Wiedereintritt in die Erdatmosphäre bestimmt der vorprogrammierte Bahnwinkel des Gefechtskopfes das Ziel. Ein Radarauge beziehungsweise die Zielanflug-Steuerung in diesem Gefechtskopf vergleicht den Zielbereich beim Sturzflug zur Erde mit einer eingespeicherten, maschinenlesbaren Radarkarte und führt so den Gefechtskopf mit Hilfe der kleinen Lenkklappen fast punktgenau ins Ziel.«
»Das ist doch für uns nichts Neues!« Der GRU-Chef wird ungeduldig.
Ohne sich beirren zu lassen, doziert der Professor weiter. »Dann dürfte auch bekannt sein, daß die Pershing 2 laut Kritik aus dem Westen, also aus dem eigenen Lager, das« – er überlegt, blickt nach oben und spricht, jedes Wort prononcierend, als lese er es von der Decke ab, dann weiter – »das unausgereifteste, anfälligste, am wenigsten geprüfte und erprobte – also das unzuverlässigste Waffensystem der US-Truppe ist.
Bei Flugtests in Cape Canaveral und in White Sands sind eine Reihe von Pannen passiert. Aus einem Leck im Raketenmotor ist brennendes Gas entwichen und hat das aus Kevlar gefertigte Motorengehäuse zerfressen. Die Pershing ist natürlich explodiert.« Lewin hält inne und wischt sich mit einem Taschentuch über die Stirn. »Besonders wichtig für die von uns geplante Aktion erscheint mir allerdings die

Tatsache, daß es immer wieder zu Pannen in den telemetrischen Apparaturen und der Lenkhydraulik des Gefechtskopfes kam. Und das muß unser Ansatzpunkt sein.«
»Genosse Lewin«, unterbricht ihn General Solokow, »die Pershing soll ja mit ihrem nuklearen Sprengkopf durch einen von uns arrangierten Fehlstart ein noch zu bestimmendes Ziel in der BRD treffen, nicht uns oder Polen oder die DDR. Wie sicher –«
»Völlig richtig, Genosse General, darauf wollte ich gerade zu sprechen kommen. Die Sache ist nämlich ganz einfach.« Lewin betont »ganz einfach« in einer Art, die eindeutig erkennen läßt, daß er das Gegenteil meint. »Der Steuerungscomputer der Pershing 2 wird für den Einsatz mit den auf einer Magnetbandkassette gespeicherten Daten der Zielkoordinaten und der Radarkarte programmiert. Wir brauchen also den Programmierungscode, oder noch besser eine von den Pershing-Magnetbandkassetten.«
»Ich träume wohl«, tönt Jurij Kreschnatiks Stimme in Lewins bedeutungsvolles Schweigen.
»Nach dieser Vorlage könnten wir ohne weiteres eine mit den von uns benötigten Zielkoordinaten programmierte Magnetbandkassette herstellen«, spinnt Lewin seinen Faden weiter. »Um es ganz deutlich zu machen, für die BRD mit einem vertikalen Eintrittswinkel – also von nahezu 90 Grad.« Lewin stößt den Zeigestock senkrecht in die Luft und läßt ihn mit einem Knall auf dem Boden landen.
»Wie haben Sie sich die Beschaffung eigentlich vorgestellt? Am besten schicken wir den Genossen Lewin zu den Amerikanern«, meint Fedortschuk ironisch grinsend. »Er kann sie ja freundlich bitten, ihm eine von diesen Kassetten zu überlassen.«
»Ha«, stößt Golschenko freudlos aus.
Lewin, der mit ausdrucksloser Miene zugehört hat, pariert nun schulterzuckend: »Die Beschaffung fällt nicht in mein

Ressort. Ich sage nur, daß der Steuerungscomputer der Pershing 2 mit einer präparierten Kassette gefüttert werden muß, damit die Rakete auf ein von uns gewünschtes Ziel in der BRD gelenkt werden kann. Unsere Kassette muß« – er bückt sich nach dem Stock und deutet dann damit auf den unteren Teil des Gefechtskopfes auf der Leinwand – »hinter dieser gesicherten Klappe in den Aufnahmeschlitz des Steuerungscomputers eingegeben werden. Übrigens dauert es knapp fünfzehn Minuten, um die Pershing durch das Startgerät mit seinen Zuleitungen feuerbereit zu machen.«
»Danke, Georgij, das genügt vorerst. Auf technische Details können wir notfalls später noch eingehen«, sagt Suslikow.
Lewin kehrt zu seinem Platz zurück. Die langsam wieder aufstrahlende Deckenbeleuchtung verdrängt die Konturen der Pershing 2 auf der Leinwand.
»Sollten wir nicht die politischen Konsequenzen einer solchen Aktion vorher reiflich überlegen, Genosse General«, wendet Janskoij vorsichtig ein. »Wenn ich mir die unberechenbaren Reaktionen der Amerikaner vorstelle – die der Falken im Pentagon und im Weißen Haus –, die warten doch nur auf einen Vorwand, um ihren hysterischen Antikommunismus durch entsprechende –«
»Geschenkt, Genosse Janskoij«, herrscht Suslikow ihn an. »Glauben Sie wirklich, das Präsidium habe diesen Plan aus einer Laune heraus gefaßt, hätte das Für und Wider eines solchen Unternehmens nicht vorher analysiert und die etwaigen Konsequenzen einkalkuliert? Gerade Sie müßten erkennen, daß die Aufrüstung der amerikanischen Kriegstreiber um jeden Preis gestoppt werden muß.«
Suslikow wendet sich ostentativ an Anatolij Zwigun: »Vorausgesetzt, es gelingt uns, die Pershing-Unterlagen oder eine Magnetbandkassette zu beschaffen, welche ihrer Basen in der BRD wäre dann für die von uns geplante Aktion besonders geeignet?«

»Darüber habe ich die ganze Zeit nachgedacht«, antwortet der unschlüssig in seinen Akten blätternde Chef der Abteilung 4. »Mutlangen«, sagt er schließlich und klappt den Aktendeckel zu.
»Mut... was?«
»Mut-lan-gen«, wiederholt Zwigun, jede Silbe betonend, »ist eine Pershing-2-Basis in Süddeutschland. Sie bietet sich an, weil die bundesdeutschen Abrüstungsgegner anscheinend eine besondere Vorliebe für dieses Mutlangen entwikkelt haben. Die Demonstrationen, die dort veranstaltet wurden, gingen nicht nur gegen die Pershing 2, sondern auch gegen die Amerikaner. In den Medien der BRD wurde ausführlich darüber berichtet.«
»Nicht zuletzt durch die Aktivitäten meiner Abteilung«, macht sich Desinformationschef Kirilenko bemerkbar. Bevor er weitersprechen kann, ergreift Golschenko das Wort.
»Mutlangen paßt«, meint er gnädig. »Die Basis des 1. Bataillons des 41. US-Feldartillerie-Regiments mit der Hardtkaserne, inklusive Pershing-2-Modellen wurde ohnehin – wenn auch aus anderen Gründen – schon auf unserem Übungsgelände bei Jamorow nachgebaut.«
Mit einem versteckten Lächeln greift Suslikow zum Hörer des grünen Telefons, drückt eine Taste und sagt knapp: »Karte der BRD! Moment mal« – und mit abgedeckter Sprechmuschel an Zwigun gewandt – »wo dort?«
»Baden-Württemberg, bei Schwäbisch Gmünd.«
»Ausschnitt Mutlangen, Baden-Württemberg«, gibt Suslikow weiter und legt auf.
»Mutlangen finde ich auch ganz gut«, sagt Kirilenko säuerlich und streift Golschenko, der ihm vorher das Wort abgeschnitten hat, mit einem strafenden Blick. Und an Suslikow gerichtet: »Die Voraussetzungen für gezielte Desinformation erscheinen mir hier besonders günstig.«
Der Konferenzraum wird erneut dämmrig, und auf der

Leinwand erscheint die Projektion einer Landkarte. Am oberen Rand Schwäbisch Hall, im Süden Ulm, im Osten Aalen und im Westen Stuttgart. Etwa im Zentrum Schwäbisch Gmünd, nur wenige Kilometer oberhalb davon Mutlangen.
Die Männer schauen auf die Landkarte. Als Zwigun scheinbar unmotiviert auf die Tischplatte schlägt, drehen sich ihre Köpfe in seine Richtung.
»Lionel Atkins«, sagt er entschuldigend und erfreut zugleich.
»Colonel Lionel Atkins«, wiederholt er und fügt erklärend hinzu, »der Pershing-2-Spezialist und Sicherheitschef der Pershing-Basen in der BRD. Atkins ist im US-Hauptquartier in Heidelberg stationiert. An den müßten wir uns ranmachen – egal wie – schon wegen dieser Computerkassette.«
Abwägend blickt Suslikow vor sich hin, dann entscheidet er: »Also einigen wir uns auf Mutlangen.« Und nach kurzer Pause: »Auf diesen Atkins werden wir einen Spitzenagenten ansetzen. Wer käme da in Frage?«
»Der Marder«, sagt Golschenko prompt.
»Der Marder?« Suslikow sieht Golschenko verständnislos an.
»Major Nikolaij Rudkow«, sagt der GRU-Chef Golschenko rasch. »Die Speznas haben ihm den Spitznamen ›der Marder‹ gegeben«, klärt er Suslikow auf. »Er ist genau der richtige Mann für diesen Einsatz.«

3

Toplyj Ustan, Erste KGB-Hauptverwaltung
Donnerstag, 5. September, 11 Uhr

Generalmajor Suslikow steht bewegungslos am Fenster seines Büros und blickt in das melancholische Grau des wolkenverhangenen Himmels. Leichter Nieselregen hat die schweren Gewitter der letzten Nacht abgelöst.
Aus unruhigem Schlaf war er im Morgengrauen schweißgebadet erwacht. Wie betäubt hatte er sich an seine Träume zu erinnern versucht. Doch die grauen Bildfetzen ergaben keinen Sinn. Er war suchend durch die endlosen, leeren Korridore der Ersten Hauptverwaltung geirrt, hatte Tür um Tür geöffnet. Aber was, aber wonach hatte er gesucht?
Suslikow streckt sich, als könne er damit die bedrückende Wirkung der vergangenen Nacht aufheben. Er geht zu seinem Schreibtisch, setzt sich und schlägt die vor ihm liegende Akte auf. Er entnimmt ihr einen Umschlag und leert den Inhalt auf die Schreibtischplatte. Zwei Schwarzweißaufnahmen und zwei Farbfotos fallen heraus. Er greift zu seiner in Goldmetall gefaßten Brille und studiert den abgebildeten Mann eingehend. Ein ausdrucksvolles Gesicht mit bernsteinfarbenen, weit auseinanderstehenden Augen, hoch angesetzten Backenknochen und einer breiten Stirn schaut ihn an. Das volle Haar ist hellbraun, der Mund über dem eingekerbten Kinn schmallippig – streng.

Ein gutaussehender Bursche, dieser Rudkow, denkt der General. Aber seine merkwürdig schimmernden Augen! Sie geben nichts preis – wie die Lichter einer schläfrigen Raubkatze, die faul in der Mittagssonne ruht.
Suslikow greift nach dem nächsten Foto. Auf der Rückseite ist handschriftlich vermerkt: Sommerurlaub am Schwarzen Meer, Odessa, Juli 1983. Der Schnappschuß zeigt Rudkow mit nacktem Oberkörper, lässig an den Mast eines Segelbootes gelehnt. Seine geschmeidige Figur wird durch die hautenge, weiße Hose noch unterstrichen. Auf den anderen Fotos ist Rudkow in seiner Majorsuniform abgebildet. Suslikow vergleicht sie mit dem farbigen Porträtfoto. Intelligent und rücksichtslos – findet er, gefährlich und verschlossen. Er schiebt die Aufnahmen zur Seite, öffnet Rudkows Personalakte und überfliegt die persönlichen Daten auf der ersten Seite.

Familienname:	Rudkow
Vorname(n):	Nikolaij Mitrofanowitsch
Rang:	Major
Geburtsdatum:	16. April 1948
Geburtsort:	Moskau
Größe:	1,76 m
Gewicht:	68 kg
Augenfarbe:	Gelbbraun
Haarfarbe:	Hellbraun
bes. körperl. Merkmale:	Narbe am rechten Schulterblatt
Familienstand:	Ledig
Ausbildung:	Institut für internationale Beziehungen, Moskau Curriculum: politische Indoktrination, Sprachen, Sport, Gebietsstudien, militärische Aufklärung

Fremdsprachen:	Serbokroatisch, Englisch, Deutsch, Italienisch
Sportarten:	Fallschirmspringer, Segler, Karatekämpfer, Scharfschütze
Sexualbereich:	Heterosexuell orientiert, passiv, kühl, emotionell ungebunden, häufiger Partnerinnenwechsel
Phobie(n):	Hat eine fast pathologische Angst vor Krankheiten und vor Ansteckung. Antialkoholiker; Gesundheitsfanatiker
Charakterisierung:	Selbstsicher, introvertiert, kaltblütig, skrupellos – eigenwilliger Einzelgänger
Politische Einstellung:	Linientreu
Codename:	Feliks
Spitzname:	Der Marder

»Der Marder« – Suslikow schmunzelt über den Vermerk. Romantisch, dieser Spitzname, denkt er. Paßt ja vielleicht zu diesem Rudkow, wenn auch nicht zu dem unromantischen Geschäft. Er blättert weiter und überfliegt das Dossier.

Der familiäre Hintergrund Rudkows ist bestechend. Sein Vater hatte das Vertrauen höchster Kreise genossen. Als Kurier des Auswärtigen Amtes hatte er zwanzig Jahre lang weltweit sowjetische Geheimdokumente befördert und dabei dem KGB unschätzbare Dienste geleistet. Daraus hatten sich zahlreiche Freundschaften mit einflußreichen KGB-Funktionären in Moskau und in vielen ausländischen Hauptstädten ergeben.

Rudkows Großvater war dem Zentralkomitee unterstellt gewesen und hatte sich als Oberst der Roten Armee hohe

Verdienste erworben. Zudem hatte die Schwiegermutter von Rudkows Schwester als behandelnder Psychiater im Kreml das Vertrauen höchster Kreise erlangt. Ihr Vater wiederum war Kommandant eines Gefangenenlagers für politische Häftlinge – eine Prestigeposition in der Sowjetunion. Dem Dossier zufolge setzt sich Rudkows Freundeskreis aus GRU- und KGB-Offizieren zusammen.

Dieser Rudkow repräsentiert den Prototyp der Neuen Klasse, muß sich Suslikow, wenn auch mit leichtem Unbehagen, eingestehen. Herkunft, akademischer Werdegang und Leistungen sind ideal.

Suslikow lehnt sich bequem zurück und zündet sich eine Camel an. Dabei schweift sein Blick zur gegenüberliegenden Wand mit dem breiten Bücherregal und den darüber hängenden gerahmten Fotografien. Nachdenklich betrachtet er die Aufnahme mit Stalin und Dserschinskij auf dem Rücksitz eines offenen Wagens, Modell 1918. Stalin, den rechten Arm um Dserschinskijs Schulter gelegt, präsentierte sich mit breitem Lächeln, während Dserschinskij mit sphinxhaftem Ausdruck in die Linse starrte. Suslikows Augen wandern zur nächsten Aufnahme. Andropow, Breschnew und er selbst waren hier in ein Gespräch vertieft. Die alte Garde, fährt es ihm durch den Sinn. Für sie gibt es keine Probleme mehr. Wo sie jetzt sind, herrscht eisiges Nichts, barmherziges Vergessen – die Amnestie des Todes. Schulterzuckend konzentriert er sich erneut auf Rudkows Personalakte.

Die Zweite Hauptverwaltung des KGB hat Rudkows Werdegang, herausragende Ereignisse in seinem Leben und Einzelheiten über seine Familie genauestens registriert. Jeder, der nähere oder auch nur flüchtige Beziehungen zu ihm oder seinen Angehörigen hat, wird überwacht und bis in die Intimsphäre ausspioniert. Es ist Suslikow daher ein leichtes, aus den zahlreichen Mosaiksteinchen ein recht abgerundetes Bild über Rudkow und dessen Umfeld zu gewinnen.

Die Familie hatte nichts unterlassen, um dem Jungen von Kindesbeinen an die Werte und Ziele der Neuen Klasse einzuimpfen – den Nutzen und die Erhaltung der Sonderprivilegien, von materiellem Besitz und gesellschaftlichem Status. Die Wahl seiner Spielkameraden war sorgfältig gesteuert worden, um sicherzugehen, daß diese standesgemäß waren. Kinder von Parteifunktionären, GRU- und KGB-Offizieren sowie höheren Beamten waren erwünscht gewesen, keineswegs die von Ärzten, Ingenieuren oder Arbeitern. Wohl deshalb hatte der Knabe Rudkow einen eventuellen neuen Freund stets sofort gefragt: »Wer ist dein Vater?«
In seiner Jugend mußte Rudkow geradezu schamlos mit ausländischen Erzeugnissen verwöhnt worden sein, die als höchstes Statussymbol galten. Kein Wunder! Schließlich hatte sein Vater als Inhaber eines Diplomatenpasses uneingeschränkten Zugang zu ausländischer Währung gehabt, vorzugsweise zu Dollars. Dollars, die er in Moskau für Rubel eintauschte, brachten ihm nicht nur ein Vermögen ein, sondern boten zudem die Möglichkeit, westliche Waren in den speziell für KGB-Angehörige eingerichteten Geschäften einzukaufen.
Rudkows Eltern waren aus beruflichen Gründen oft monatelang unterwegs gewesen. Daher hatte der Junge oft den größten Teil des Jahres bei seinen Großeltern verbracht. Seine Großmutter, eine schöne, dunkeläugige Frau, konnte das Erbteil ihrer eigenwilligen türkischen Vorfahren nicht verleugnen. Der Großvater hatte die politischen Säuberungsjahre unter Stalin aufgrund seiner militärischen Leistungen und zuverlässigen politischen Einstellung schadlos überstanden. Er war mit einer Beförderung zum Stabsoffizier im Zentralkomitee belohnt worden.
Da die meisten seiner Armeekameraden in den Säuberungsaktionen zwischen 1936–38 umgekommen waren, hatte die spätere offizielle Bestätigung der Massenmorde durch Sta-

lin bei ihm Verachtung und Bitterkeit hinterlassen. In selbstgewählter Zurückgezogenheit war er lediglich darauf bedacht gewesen, so komfortabel wie möglich zu überleben und die Zukunft seines Enkels zu sichern. Sein ganzes Bestreben war darauf hinausgelaufen, dem Enkel immer wieder klarzumachen, daß es nur im »Inneren Kreis« ein lebenswertes Leben gebe. Dorthin vorzudringen bedeute harte Arbeit und einen glänzenden Studienabschluß.
Nicht nur das, denkt Suslikow sarkastisch. Man muß Ungerechtigkeiten ignorieren, mit den Wölfen heulen, die richtigen Leute kennen und skrupelloser als andere sein.
Nach diesem Motto war Nikolaij Rudkow erzogen worden. Seine Jugendjahre waren in ausschließlicher Vorbereitung auf den Besuch des Instituts für internationale Beziehungen vergangen. Er hatte intensive Sprachstudien und Sport betrieben, um gegenüber anderen Bewerbern bei der Aufnahmeprüfung im Vorteil zu sein. Er wurde anstandslos aufgenommen, zumal ihm von Komsomol – der Jugendorganisation der Kommunistischen Partei – ein Führungszeugnis ausgestellt worden war, in dem er als idealer Jungkommunist in Leninscher Tradition empfohlen wurde.
Nach einem hervorragenden Studienabschluß hatte Rudkow seinen Wehrdienst in der Roten Armee absolviert und war anschließend dem militärischen Geheimdienst GRU überstellt worden, wo er eine auf Spionage und Sabotage ausgerichtete Spezialausbildung erhalten hatte. Danach war er in der Bundesrepublik Deutschland und in Italien eingesetzt worden und hatte sich glänzend bewährt. Unter anderem hatte er eine Reihe gefährlicher imperialistischer Agenten und Überläufer mit der Blausäurepistole so gekonnt erledigt, daß als Todesursache Herzschlag festgestellt worden war. Als Mitverantwortlicher für die Beschaffung der Unterlagen des italienischen Panzerabwehrhubschraubers A-129 Mangusta und des Laserzielbestimmungsgerätes des

deutschen Kampfpanzers Leopard II war Rudkow dann mit dem Orden des Roten Banners ausgezeichnet und zum Major befördert worden.
»Major Rudkow ist eingetroffen, Genosse General«, meldet Suslikows Sekretärin über die Sprechanlage.
Suslikow nimmt die Brille ab, klappt sie bedächtig zusammen und legt sie auf den Schreibtisch. Dann drückt er die Sprechtaste. »Soll warten«, sagt er. Dabei schiebt er die Aufnahmen von Rudkow wieder in den Umschlag und streift die grüne Akte mit einem nachdenklichen Blick. Er erhebt sich steif und geht durch das nebenan liegende Schlafzimmer ins Bad. Als er beim Händewaschen sein abgespanntes Gesicht im Spiegel über dem Waschbecken erblickt, wendet er sich mißbilligend ab und kehrt ins Arbeitszimmer zurück. Er legt Rudkows Akte in eine Schreibtischschublade und entnimmt ihr eine andere.
»Schicken Sie Major Rudkow herein«, befiehlt er kurz angebunden über die Sprechanlage.

Als Rudkow eintritt, nimmt der General keine Notiz von ihm, er scheint vielmehr in den Inhalt der vor ihm liegenden roten Akte vertieft zu sein.
Unschlüssig bleibt Major Rudkow an der Tür stehen, die sich leise hinter ihm geschlossen hat. Die Akte auf dem Schreibtisch beunruhigt ihn. »Major Rudkow zur Stelle, Genosse General.« Seine Stimme klingt betont gelassen.
»Nehmen Sie Platz, Nikolaij Mitrofanowitsch«, antwortet Suslikow verbindlich. Und ohne aufzublicken deutet er mit einer vagen Handbewegung auf die mit schwarzem Leder bezogene niedere Sitzgarnitur, die diagonal zu seinem Schreibtisch steht.
»Danke, Genosse General«, erwidert Rudkow höflich, setzt sich und wartet. Endlich klappt Suslikow die rote Akte zu,

mit der er sich so intensiv beschäftigt hat. Jetzt steht er auf, schiebt sie unter den Arm und kommt zu ihm herüber.
»Nun, wie stehen die Dinge?« fragt Suslikow beiläufig und läßt sich in einen Sessel fallen.
»Danke, alles in bester Ordnung.« Rudkow ist leicht befremdet und streift den General unauffällig mit einem abwägenden Blick.
»Und die Ausbildung in Jamorow?«
»Ist praktisch abgeschlossen, Genosse General. Wir sind jederzeit einsatzbereit.«
»Wird schneller gehen, als sie glauben, Nikolaij Mitrofanowitsch. Denn durch ihre aggressive Politik, den Weltkommunismus zu verhindern, zwingen uns die Amerikaner, Gegenmaßnahmen zu ergreifen. Politisch scheint der US-Präsident die Welt nur schwarz oder weiß zu sehen – gut oder böse. Für ihn scheint sie der ›Wilde Westen‹ zu sein, in dem wir die üblen Banditen verkörpern und er den guten ›Marshall‹, der aufräumen muß.«
Vergebens späht Suslikow nach einer Reaktion in Rudkows bernsteinfarbenen Augen.
»Dem Erzreaktionär ist jedes Mittel recht, um das zu erreichen«, fährt er fort. »Wahrscheinlich betrachtet er sich als eine Art ›Wyatt Earp‹ und den Bundeskanzler der BRD als hilfreichen – wenn auch nicht schwindsüchtigen – ›Doc Holliday‹.« Bei seinem absurden Vergleich fliegt ein gezwungenes Lächeln über Suslikows melancholische Züge.
»Revanchistische Tendenzen in der BRD und zudem die Gefahr einer Annäherung der beiden deutschen Staaten können wir nicht zulassen. Wir müssen wieder Schattierungen in die Schwarz-Weiß-Ideologie der Amerikaner bringen. Und Sie, Nikolaij Mitrofanowitsch, sollen für die ersten Grautöne sorgen. – Ich habe einen wichtigen Auftrag für Sie, bei dem nichts, aber auch gar nichts schiefgehen darf.«
Suslikow mustert den schlanken Mann in der maßgeschnei-

derten Uniform abschätzend. Sein Blick gleitet über das glatte Gesicht, die, seiner Meinung nach, etwas zu kurz geratene Nase und bleibt einen Augenblick an einer feinen Narbe rechts über dem schmalen, etwas verkniffen wirkenden Mund hängen. Fehlt im Dossier, notiert er im Geist.
Worauf ist er aus, was will er von mir? denkt Rudkow mit wachsendem Unbehagen, während er sich, ohne eine Miene zu verziehen, von Suslikow mustern läßt.
»Ich erwarte von Ihnen, daß Sie in der BRD etwas für uns besorgen«, sagt Suslikow schließlich sehr sanft und langsam.
Rudkow nimmt unbewußt Haltung an und beugt sich vor.
»Eine Magnetbandkassette.« Der General lächelt liebenswürdig.
Endlich läßt er die Katze aus dem Sack, der alte Fuchs, denkt Rudkow und holt tief Luft. »Eine Kassette?« wiederholt er aufmerksam.
»Ganz recht, Major Rudkow, nur eine Magnetbandkassette. Wenn auch von entscheidender Bedeutung für uns, da sie das Navigationsprogramm des Steuerungscomputers der Pershing 2 enthält.« Und nach einer Pause: »Wie Sie die Sache angehen, bleibt Ihnen überlassen, Nikolaij Mitrofanowitsch. Gleichgültig, um welchen Preis Sie das Ding beschaffen. Solange es in unsere Hände kommt, ohne daß auch nur die leiseste Spur auf uns hindeutet. Sollten Sie den Auftrag allerdings schmeißen, Genosse Major, würden Sie sich wünschen, nie geboren worden zu sein.«
Suslikows kalter, mitleidsloser Blick straft sein breites Lächeln Lügen.
»Ich werde alles daransetzen, Sie nicht zu enttäuschen, Genosse General.« Kaum merklich spannt sich die Haut über Rudkows Backenknochen.
»Natürlich, natürlich – davon bin ich felsenfest überzeugt«, entgegnet Suslikow und greift nach der roten Akte, die vor ihm auf dem niederen Tisch liegt.

»Wir haben alles für Sie vorbereitet«, fährt er fort. »Sie werden verschiedene Stationen in Westeuropa anlaufen. Von hier reisen Sie erst einmal als Mitglied unserer Handelsmission nach Stockholm. Dort erhalten Sie einen schwedischen Paß, mit dem Sie nach London weiterfliegen. In London tauscht die GRU-Sektion unserer Botschaft Ihren schwedischen gegen einen United-Kingdom-Paß aus. Von Heathrow nehmen Sie die Abendmaschine der Alitalia nach Mailand mit Anschluß nach Triest. Dort wird dann Ihre endgültige Identität für die BRD festgelegt.«
Suslikow vergewissert sich in der Akte: »Und zwar als Miroslaw Bajić, der Angehöriger der rechtsradikalen kroatischen Untergrundbewegung Ustaša ist. In Triest ist für Sie – Bajić – ein Treffen mit einem gewissen Svetozar Sinkowitsch arrangiert. Der Mann lebt in der BRD und erledigt Kurierdienste für die dort etablierte Ustaša-Zentrale. Sie werden ihm eine Namensliste übergeben.« Rudkows fragenden Blick beantwortet der General mit einer wegwerfenden Handbewegung. »Spielmaterial, was sonst!«
»Und der echte Bajić, Genosse General?«
»Keine Sorge. Der hat uns den Gefallen getan, in Jugoslawien tödlich zu verunglücken – ohne Papiere. Konnte nicht mal identifiziert werden.«
»Aber die Ustaša-Leute in der BRD oder dieser Sinkowitsch? Ist jede Gefahr ausgeschlossen, mich zufällig als falschen Bajić zu entlarven?«
»Müßte schon mit dem Teufel zugehen. Bajić war relativ unbedeutend und hat nur in Jugoslawien operiert. – Sinkowitsch?« Suslikows zusammengekniffene Augen scheinen einen bestimmten Punkt hinter Rudkows Kopf zu fixieren. »Eliminieren Sie ihn«, sagt er schließlich. »Für alle Fälle. Wir können nicht das geringste Risiko eingehen. Sobald Sie die Unterlagen ausgetauscht haben, lassen Sie ihn verschwinden.

Nun zu Ihrem Auftrag in der BRD. Ihre Operationsbasis ist Heidelberg. Hier ist der Mann stationiert, den wir gefügig machen müssen: US-Colonel Lionel Atkins, den Pershing-2-Spezialisten und Sicherheitschef der Pershing-Basen in der BRD. Nur durch ihn kommen Sie an die Unterlagen beziehungsweise die Computerkassette, die Sie beschaffen müssen.
Alle näheren Einzelheiten, vor allem über Atkins, finden Sie hier.« Suslikow schiebt dem Major die rote Akte zu. »Zur Vorbereitung gebe ich Ihnen zehn Tage.«
Als der General Anstalten macht, sich zu erheben, springt Rudkow auf.
»Diesmal sind Sie völlig auf sich selbst gestellt, Nikolaij Mitrofanowitsch«, sagt Suslikow fast väterlich und geleitet Rudkow zur Tür. »Ihre Aufgabe ist verdammt schwer. Leider fehlt uns im US-Hauptquartier ein Mann wie Manfred Rotsch bei MBB, der uns vor seiner Enttarnung die gesamten Tornado-Pläne liefern konnte. Aber wenn Not am Mann ist, können Sie sich wenigstens an Peter Brandon wenden. Sie wissen ja, unser Sonderagent in der BRD. Er wird Sie in jedem Fall unterstützen. Kommen Sie gesund zurück, Major, *mit* der Kassette.« Damit ist Major Rudkow entlassen.

4

Triest
Mittwoch, 18. September, 22 Uhr 05

Die DC 9 der Aero Trasporti Italiani, Flug BM 361, setzt kreischend und dröhnend auf der beleuchteten Landebahn des Triester Flughafens auf.
Die Maschine ist nur mäßig besetzt, denn nach Ende der Hochsaison hat der Touristenstrom nachgelassen. Nur wenige Späturlauber aus England und Deutschland haben den Flug gebucht, in der Hoffnung auf ein paar warme Spätsommertage an der Adria. Die übrigen Passagiere sind vorwiegend italienische und jugoslawische Geschäftsleute.
Als die DC 9 langsam zum Terminal rollt, lösen die Ungeduldigen unter den Fluggästen bereits die Sicherheitsgurte, stehen auf und nehmen ihr Handgepäck aus der Ablage. Der Herr mit Hornbrille in der letzten Reihe am Fensterplatz hat es nicht eilig. Auch nachdem die Maschine stehengeblieben ist und die Triebwerke verstummt sind, rührt er sich nicht vom Fleck. Erst als sich die Gangway zu leeren beginnt, erhebt sich der Reisende im braunkarierten Jackett von Cecil Gee of London, verläßt mit Kamera und Aktentasche die Maschine und schlendert zur Paßkontrolle.
Gut gelaunt nimmt ihm der uniformierte Beamte den britischen Reisepaß aus der Hand, blättert darin und vergleicht

das Paßfoto eingehend mit dem Konterfei des vor ihm stehenden Ausländers.
»Mr. Whitmore, sind Sie geschäftlich hier?« fragt er englisch mit starkem italienischem Akzent.
»*No, old sport*«, näselt Whitmore gelangweilt. »Ferien, alter Junge. Nur ein paar Tage Urlaub.«
»*Ah, holiday*. Ein bißchen spät im Jahr. Na, jedenfalls wünsche ich Ihnen viel Vergnügen und recht viel Sonne«, sagt der Beamte und gibt ihm den ausgezeichnet gefälschten Paß ohne Beanstandung zurück.
Am Gepäckförderband wartet der Sowjetagent GRU-Major Rudkow – alias John Whitmore – geduldig, bis sein schwarzer Koffer herangleitet. Nachdem er den Zoll ungehindert passiert hat, geht er zum Ausgang.
Typisch, denkt er amüsiert, wenn man nichts zu verstecken hat, kontrollieren sie nicht. Schade, die ganze Mühe umsonst. Die Londoner Zentrale hätte sich die Ausgaben für die englischen Klamotten sparen können. Aber wer weiß das schon vorher.
Vor dem Flughafengebäude bleibt Rudkow einen Augenblick stehen. Er blickt zum sternenbedeckten Nachthimmel empor, streckt sich und holt tief Luft.
Es riecht nach einem Gemisch aus Kerosin, Autoabgasen und nach den spezifischen Ausdünstungen einer Hafenstadt. Über allem liegt der kaum wahrnehmbare, salzige Hauch einer Adriabrise.
Rudkow löst sich und strebt dem Taxistand zu.
»Triest, Via Mazzini«, instruiert er den Fahrer beim Einsteigen.
Mit der langen Zigarre und dem schwarzen Oberlippenbart erinnert ihn dieser Mann an Graucho Marx.
Rudkow lehnt sich zurück, die Aktentasche griffbereit auf dem Nebensitz. Auf dem Weg zur Stadt geht ihm das Treffen mit Sinkowitsch durch den Kopf. Es ist für den nächsten Vor-

mittag verabredet. Um zehn im *Columbia*, in Sinkowitschs Hotel. Planmäßig muß er dort bereits abgestiegen sein. Wenn nichts Unvorhergesehenes geschieht, bin ich morgen abend um diese Zeit auf dem Weg nach Heidelberg, überlegt Rudkow. Und Sinkowitsch? Eliminieren Sie ihn, hatte Suslikow befohlen.
»Wohin in der Via Mazzini?« Die Stimme des Taxifahrers bringt Rudkow in die Gegenwart zurück.
»*I beg your pardon?*«
»*Dove..., dove...*, wohin?« wiederholt der Fahrer ungeduldig über die Schulter und entblößt prononcierend einen goldenen Eckzahn. »Mi capisce?«
»*Oh, of course. I understand. Hotel Britannia*, Via Mazzini.«
Kurz darauf hält das Taxi vor einem hellen, mit Lisenen verzierten Gebäude. Hoch über dem Portal leuchten die Buchstaben *Hotel Britannia* und werfen ihren Widerschein auf das darunter angebrachte königlich-englische Wappen.
Rudkow bezahlt den Fahrer, nimmt seinen Koffer entgegen und blickt dem Taxi nach, bis es im Verkehr verschwunden ist. Dann geht er am *Britannia* vorbei in Richtung Hafen. Kurz vor der Gemäldegalerie, dem Museo Revoltella, biegt er in eine Seitenallee ab. Rudkow kennt den Corso Magenta schon von früheren Besuchen.
Hier herrscht trotz der fortgeschrittenen Stunde noch reges Leben. Engumschlungene Liebespaare schieben sich an ihm vorüber, und dröhnend lachende Männergruppen weichen ihm aus. Irgendwo kichern Frauen, Autos hupen ungeduldig, und Reifen quietschen. Lebensmittelgeschäfte und Spezialitätenrestaurants wechseln in bunter Reihenfolge mit Striptease- und Nachtclubs.
Zielstrebig geht Rudkow bis zu einem schmalbrüstigen Haus, das schon bessere Tage gesehen hat. »Giulio« steht in schwungvoller roter Leuchtschrift über dem Eingang zu der Kellerbar.

Er läuft weiter bis zur Hausecke, biegt in die enge Passage ein, die das Haus vom nächsten trennt und zum Hinterhof führt. An der Hinterfront stellt er seinen Koffer vor der schwach beleuchteten, dunkelgrünen Haustür ab und drückt auf den einzigen Klingelknopf: Einmal kurz – zweimal lang – dreimal kurz.
Fast umgehend summt der automatische Türöffner, gleichzeitig flammt die Treppenhausbeleuchtung auf. Rudkow tritt ein und drückt die Haustür hinter sich zu.
Oben am Treppenabsatz wartet ein gepflegter, kraushaariger Endvierziger in hellem Seidenanzug. Giulio Cherucci, der Haus- und Nachtclubbesitzer. Das aprikosenfarbene Hemd steht offen, und auf der gebräunten Brust schimmert ein Goldkettchen mit Kreuz. Das lederne Gesicht mit den scharfen Nasenfalten, den Tränensäcken und dem schmalen, verwegenen Oberlippenbärtchen wirkt verlebt.
La dolce vita, konstatiert Rudkow. Die langen Nächte, Alkohol und Nikotin haben ihre Spuren hinterlassen.
»Feliks! Pünktlich wie immer«, begrüßt ihn Giulio in russischer Sprache. Er kennt Rudkow nur unter diesem Decknamen.
Mit ausgebreiteten Armen geht er die Treppe hinunter auf ihn zu. Das Lampenlicht läßt den Brillanten an Giulios rechtem kleinen Finger aufblitzen.
»Na, Viktor, wie geht's? Gut, dich mal wieder zu sehen.«
Rudkow stellt den Koffer auf den abgetretenen, rissigen Marmorboden, nimmt die lästige Hornbrille ab und verstaut sie in der Innentasche seines Jacketts.
»Nach so langer Zeit!« Der KGB-Agent Viktor Sbirunow – seit Jahren als Barbesitzer Giulio Cherucci in Triest ansässig – umarmt Rudkow herzlich.
»Komm, wir gehen nach oben«, fordert er Rudkow auf, nimmt den Koffer und geht voraus in den ersten Stock. Am Ende des schmalen Flurs führt eine Tür in Giulios Wohn-

zimmer. Rudkow läßt seine Aktentasche und die Kamera neben den von Giulio abgesetzten Koffer auf den Boden gleiten.
»Wird morgen alles verbrannt, auch das, was du am Leib hast«, sagt Giulio grinsend. »Was du dafür eintauschst, wird dir weniger zusagen.«
»Kann ich mir vorstellen.« Rudkow hebt die Schultern und macht es sich auf dem weinroten Samtsofa bequem. »Natürlich hat der feine Mr. Whitmore aus der gehobenen englischen Mittelklasse nichts mit dem jugoslawischen Gastarbeiter Bajić gemein«, spottet er.
»Du sagst es.«
Giulio entnimmt einem reich mit Intarsien verzierten Büfett Gläser und Flaschen.
Er hat immer noch diese scheußliche Louis-XVI.-Reproduktion, denkt Rudkow. Sein Blick wandert von einem Möbelstück zum andern, über die diversen, goldgerahmten Aktzeichnungen und Gemälde an der Wand bis zu den geschlossenen, schweren Samtvorhängen. Überladen – schwülstig. So gar nicht nach seinem Geschmack. Er zieht eine helle, klare und funktionelle Umgebung vor.
»Whisky oder Wodka?« fragt Giulio.
»Keinen Alkohol«, wehrt Rudkow ab.
»Stimmt ja, hatte ich ganz vergessen. Wie wär's mit Orangensaft oder *acqua minerale*?«
»Orangensaft tut's.«
Giulio stellt zwei Gläser und Flaschen auf die polierte Marmortischplatte – Orangensaft und Dimple –, dann läßt er sich in einen Sessel fallen. Er füllt Rudkows Glas mit Orangensaft, gießt sich selbst einen doppelten Whisky ein und angelt nach einem Zigarillo aus der Packung auf dem Tisch. Als er es angezündet hat, blickt er sekundenlang in die Flamme seines eleganten Feuerzeugs, hebt dann den Kopf und fixiert Rudkow fragend.

»Diesmal liegt wohl was Besonderes an«, stellt er schließlich mit einem Augenzwinkern fest und läßt das Feuerzeug zuschnappen.
»Wie kommst du auf die Idee?« Mit unbewegter Miene schüttelt Rudkow den Kopf und greift nach seinem Glas.
»Sehr einfach: weil die von der Zentrale so gar nichts rausgelassen haben«, antwortet Giulio schmunzelnd. »Sie haben mir einen Paß mit deinem Foto auf den Namen Bajić gegeben, den ich dir aushändigen soll. Außerdem mußte ich jugoslawische Klamotten für dich auftreiben, eine Automatik mit Schalldämpfer und zu allem Überfluß auch noch eine alte Karre mit bundesdeutscher Nummer. Dafür hättest du aber nicht nach Triest zu kommen brauchen.«
»Frag bei der Zentrale an, die wissen mehr als ich«, antwortet Rudkow zugeknöpft und gähnt. »Weißt du was, ich bin müde und geh' besser schlafen«, sagt er entschuldigend und steht auf.
»Kann ich verstehen«, meint Giulio. »Ich muß sowieso unten in meinem Laden nach dem Rechten sehen. Dein Zimmer kennst du ja, Feliks – oben, wie immer. Seh' dich beim Frühstück.«

5

Triest
Donnerstag, 19. September, 7 Uhr 30

Vom früh einsetzenden Straßenlärm geweckt, schwingt sich Nikolaij Rudkow aus dem hohen, breiten Messingbett. Er schlägt die Plüschvorhänge vor dem schmalen, fast bis zum Boden reichenden Fenster zurück, öffnet es und sieht hinaus. Der dunstblaue Morgenhimmel verspricht einen schönen Tag.
Unten auf dem Corso Magenta geht es schon geschäftig zu. Zwei untersetzte Italienerinnen in dunklen Kleidern halten vor ihrer Haustür einen lebhaften Schwatz. Vor dem Lebensmittel- und Obstgeschäft auf der anderen Seite hat der Ladeninhaber eine fast tätliche Auseinandersetzung mit einem Lieferanten. Schreiend und gestikulierend scheucht er den Mann mit ein paar reklamierten Obstkisten zu seinem Lastwagen. Ein räudiger Köter will mit einem Pudel anbändeln, den Frauchen mit wippenden Hüften »Gassi« führt. Selbst ihre empörten Fußtritte lassen die Promenadenmischung unbeeindruckt. Vor Giulios Nachtbar hält klirrend ein Getränkewagen. Und vom Hafen herüber hört man das Tuten einer Schiffssirene. Im Rinnstein liegt Abfall, dessen fauliger Geruch, vermischt mit dem von Teer, Fischen, Dieselöl und Wein, zu Rudkow aufsteigt. Als es klopft, schließt er das Fenster und dreht sich um.

Einen schäbigen Koffer in der Hand, tritt Giulio ein.
»Morgen, Feliks«, sagt er müde. Sein Gesicht ist verquollen. »Hoffentlich hast du besser geschlafen als ich.« Dabei wuchtet er den Koffer auf die barocke Kommode an der Wand. »Na, dann wolln wir mal sehen, was ich alles für dich mitgebracht habe.«
Giulio öffnet den Koffer, wirft ein Kleidungsstück nach dem andern aufs Bett und zählt dabei auf: »Viermal Unterwäsche, sechs Paar Socken, fünf Hemden, zwei Schlafanzüge, vier Pullover, eine Strickweste, zwei Paar Schuhe und zwei prachtvolle (er dehnt das Wort genüßlich) Anzüge.«
Rudkow, der ihm aufmerksam zugesehen hat, hebt mißtrauisch eine dunkelbraune, ausgebeulte Anzughose hoch. »Aber das ist ja alles gebraucht! Ich will mir doch nicht irgendwelche Krankheiten holen«, empört er sich.
»Reg dich nicht auf«, beruhigt ihn Giulio. »Die Sachen sind alle nagelneu. Sie sind nur immer wieder gewaschen und gereinigt worden, bis sie getragen aussahen.«
Er greift erneut in den Koffer und läßt Toilettenartikel, Rasierzeug, eine Armbanduhr und eine abgenutzte Brieftasche auf das Bett segeln.
»Hier ist die Waffe.« Er zeigt Rudkow eine 7.65er mit Schalldämpfer und Munitionsschachtel, dann legt er alles neben den Koffer auf die Kommode.
»Und mein Paß?«
»Hier.«
Giulio bringt einen abgegriffenen jugoslawischen Paß zum Vorschein und klappt ihn auf.
»Miroslaw Bajić«, liest er. »Geboren am 24. Juni in Zagreb...«
»Spar dir den Rest«, fällt ihm Rudkow ins Wort. »Ist mir alles bekannt... hab' ich längst auswendig gelernt.«
Giulio legt den Paß und einen verschlossenen braunen Um-

schlag zu den anderen Sachen aufs Bett. Als ihn Rudkow fragend ansieht, sagt er: »Die Informationen für deinen Kontaktmann. Mehr weiß ich nicht.«
»Meine englische Ausstaffierung kannst du gleich mitnehmen.«
Rudkow geht zum Sessel am Fenster und holt aus der Innentasche des braunkarierten Jacketts einen voluminösen Kugelschreiber, den britischen Paß und die Brieftasche. Bevor er sie Giulio zusammen mit dem Paß aushändigt, nimmt er die Lire-Scheine heraus. Geld und Kugelschreiber legt er auf das Kopfkissen neben die jugoslawischen Kleider.
»Das Allerweltsding ist ein Andenken«, sagt er quasi entschuldigend und deutet mit dem Kopf auf den Kugelschreiber.
Giulio grinst. »Na dann – bis gleich. Seh' dich unten beim Frühstück.« Er nimmt Rudkows englische Garderobe über den Arm und geht.
Zwanzig Minuten später sitzen sich die beiden am Küchentisch gegenüber und frühstücken – heißen schwarzen Kaffee, Weißbrot, Butter und Marmelade.
Rudkow trägt den dunkelbraunen, etwas zu weiten Anzug, darunter ein einfaches weißes Hemd.
Es ist verblüffend, wie sich sein Erscheinungsbild von dem Whitmores unterscheidet. Er hat auf die Rasur verzichtet und erreicht durch den dunklen Schimmer unter den Bakkenknochen, daß sein Gesicht schmaler erscheint. Das am Vortag noch mit einem strengen Scheitel proper zurückgekämmte Haar fällt nun in leichten Wellen unordentlich nach vorn. Rudkow entspricht ganz seinem Foto in Bajićs Paß.
Was mit einem Fön nicht alles zu machen ist, denkt Giulio. Er ist von »Feliks'« Veränderung nicht im geringsten überrascht. Schließlich hat er dessen frappierende Wandlungsfähigkeit von früheren gemeinsamen Einsätzen noch gut in

Erinnerung. Feliks hatte es schon immer verstanden, mit Hilfe einfacher Mittel in eine »andere Haut« zu schlüpfen.

»Was für 'ne Karre hast du eigentlich für mich aufgetrieben«, fragt Rudkow kauend.

»Einen hellblauen Ford Taunus, älteres Modell.«

»Und der Motor?«

»Einwandfrei.«

»Kennzeichen?«

»Frankfurter Nummer.«

»Weißt du was, Viktor...« Bevor Rudkow weiterspricht, trinkt er einen Schluck Kaffee. »Den Koffer oben verstaust du im Kofferraum, und das Vehikel stellst du auf dem Parkplatz beim Museo del Mare ab. Ich hole es mir dort. Befestige den Wagenschlüssel vorn unterm linken Kotflügel mit einem Klebstreifen. Wo sind die Wagenpapiere?«

»Hab' ich hier.« Giulio legt sein Brot aus der Hand, angelt in der Jackentasche nach dem Fahrzeugbrief und der Zulassung und schiebt sie Rudkow hin. »Die Papiere sind auf Miroslaw Bajić ausgestellt, wohnhaft in Frankfurt.«

Rudkow wirft einen kurzen Blick hinein und steckt sie dann in seine Brusttasche.

»Ach, bevor ich es vergesse, hier ist noch was für dich.«

Giulio holt mit dem Zeigefinger einen leicht verkratzten, goldenen Siegelring aus der Westentasche. »Wie du siehst, denkt die Zentrale an alles«, bemerkt er mit einem mokanten Lächeln.

Rudkow betrachtet die verschlungenen Buchstaben MB auf der Platte, dann streift er den Ring ungerührt über den Ringfinger der linken Hand. Er paßt wie angegossen. Nach einem Blick auf die Uhr steht er auf. »Es wird Zeit für mich, Viktor, ich muß gehen.«

»Wann sehen wir uns wieder?« fragt Giulio an der Haustür.
»Wer weiß.« Rudkow schüttelt ihm die Hand. »Irgendwann.«
Bevor er um die Hausecke biegt, hebt er noch einmal die Hand zum Gruß.

6

Triest
Donnerstag, 19. September, 9 Uhr 56

Kurz vor zehn betritt Rudkow die kleine Hotelhalle des *Columbia.* Er setzt sich in einen tiefen, von einer Topf-Palme halb verdeckten Sessel in einer Ecke und beobachtet den Aufzug. Sein rechter Arm liegt auf der Sessellehne, und in der Hand hält er ein Buch. Der helle Umschlag trägt die Aufschrift: A. Kadić. »Kroatische Literatur der Gegenwart«. Er hat es auf dem Weg zum Hotel in einer Buchhandlung gekauft. Keiner der Hotelgäste oder Angestellten nimmt Notiz von dem unauffälligen Mann.

Ein paar Minuten nach zehn verläßt ein untersetzter Endfünfziger den Lift. Er trägt einen gutsitzenden, grauen Mohairanzug, dazu ein hellblaues Hemd und eine konservativ gestreifte Krawatte. Der runde Kopf auf dem gedrungenen Nacken ist fast kahl, und über dem wohlgenährten, glattrasierten Gesicht spannt sich die mit After-shave abgeriebene Haut. Die kurzsichtigen Augen suchen durch eine starke, randlose Brille die Hotelhalle ab.

Rudkow, der Svetozar Sinkowitsch sofort erkennt, gibt sich bewußt unschlüssig. Mit fragendem Gesichtsausdruck zieht er Sinkowitschs Aufmerksamkeit auf sich und bewegt dabei das Buch zweimal unauffällig auf und ab. Das Erkennungszeichen.

Entschlossen nähert sich Sinkowitsch und bleibt vor Rudkow stehen.
»Haben Sie den Pavletić?« erkundigt er sich leise in neuštokavischem Serbokroatisch.
»War leider vergriffen«, antwortet Rudkow bedauernd im čakavischen Dialekt, der in der Gegend von Zagreb gesprochen wird. »Ich habe Ihnen dafür einen Kadić besorgt.«
Sinkowitsch nickt befriedigt. Die Antwort stimmt mit dem Code überein.
»Wir treffen uns in ein paar Minuten auf dem Hotelparkplatz, Bajić. Ich warte in meinem Wagen. Schauen Sie sich nach einem 200 D Mercedes mit deutschem Kennzeichen um. Der erste Buchstabe ist S. Bedeutet Stuttgart«, fügt Sinkowitsch erklärend hinzu, nimmt das Buch und geht.
Kurze Zeit danach verläßt auch Rudkow das Hotel. Er sieht sich unauffällig um, bevor er sich nach links wendet. Am Ende der Hotelfront geht er durch einen mit P gekennzeichneten Torbogen zum Parkplatz am Ende der Sackgasse.
Sein Blick wandert an der Wagenreihe mit den verschiedenen europäischen Kennzeichen entlang, bis er den weißen Mercedes mit der Stuttgarter Nummer entdeckt. Er steht ganz am Schluß, an der Mauer, die den kleinen Hotelparkplatz vom Nachbargrundstück trennt.
Sobald Rudkow im Wagen sitzt, kommt Sinkowitsch zur Sache.
»Geben Sie mir die Liste«, fordert er Rudkow auf.
»Haben Sie an die Aufenthaltsgenehmigung und Arbeitsbescheinigung gedacht?« fragt Rudkow in besorgtem Ton und händigt Sinkowitsch zögernd den braunen Umschlag aus seiner Brusttasche aus.
»Wie abgemacht.« Sinkowitsch zieht ein Blatt Papier aus dem geöffneten Umschlag. »Für die fehlenden Stempel in Ihrem Paß gibt's auch eine Lösung. Später.« Hastig überfliegt er die Liste in seiner Hand.

Aus den Augenwinkeln beobachtet Rudkow, innerlich amüsiert, wie feine Schweißperlen auf die Stirn des Ustaša-Mannes treten. Er ist außer sich, denkt Rudkow zufrieden. Die sorgfältig präparierte Liste enthält eine Reihe von Namen angeblich loyaler Ustaša-Angehöriger, die hier als KGB-Agenten ausgewiesen werden. Die Glaubwürdigkeit der Liste wird durch zwei Namen untermauert, deren Träger der Führungsstab der Ustaša seit kurzem verdächtigt, tatsächlich für das KGB zu arbeiten.

Endlich faltet Sinkowitsch die Liste zusammen und verwahrt sie in seiner Brieftasche. Dann gibt er sich einen Ruck. »Hier sind Ihre Papiere für die Bundesrepublik, Bajić.« Seine Stimme klingt belegt. »Die Lohnsteuerkarte ist dabei.« Er reicht Rudkow einen weißen Umschlag. »Kann ich mal Ihren Paß haben?«

Nachdem Sinkowitsch den Paß durchgeblättert hat, startet er den Wagen. »Wir fahren jetzt zu einem Bekannten, er wird Ihren Paß mit den notwendigen Stempeln versehen«, erklärt er und reiht sich in den dichten Verkehr des Corso Italia ein – die von modernen Geschäftsgebäuden gesäumte Hauptverkehrsstraße von Triest.

Rudkow kurbelt das Wagenfenster herunter, denn die Sonne hatte den Mercedes aufgeheizt. Sinkowitsch sitzt grübelnd hinter dem Steuer, offensichtlich nicht zu Gesprächen aufgelegt. Er biegt links ab zur Piazza dell'Unità d'Italia und fährt am mächtigen Palast des Lloyd Triestino vorbei in südlicher Richtung. Hinter dem Bahnhof Campo Marzio lenkt er den Wagen in eine schäbige Hafengasse mit vereinzelten kleinen Geschäften und Kneipen. Er parkt vor einem unscheinbaren Fotogeschäft. Im Schaufenster stehen gerahmte Kinderporträts, schreiend bunte Farbaufnahmen von biederen Hochzeitspaaren und eine Reihe von Paßbildern. Inhaber, so kann man am oberen Rand der lange nicht mehr geputzten Scheibe lesen, ist Emilio Luchetti.

Beim Öffnen der Ladentür schrillt eine Klingel. Nachdem sie ein paar Minuten gewartet haben, kommt aus einem Hinterzimmer ein schmächtiger Mann mit bleichem Gesicht und begrüßt Sinkowitsch wie einen alten Bekannten. Rudkow streift er mit einem taxierenden Blick.

»Ein Freund von mir, Signore Luchetti«, stellt er Rudkow mit einer Handbewegung vor, »Signore Bajić aus Zagreb. Er möchte in die Bundesrepublik Deutschland. Dazu braucht er aber Ihre Hilfe – besser gesagt, Ihre speziellen Talente«, fügt Sinkowitsch vielsagend hinzu.

»Ich verstehe.« Luchetti spricht leise. Er verschließt die Ladentür und dreht das Schild mit der Aufschrift »*chiuso*« nach außen. »Kommen Sie, wir gehen nach hinten.«

Die beiden Männer folgen ihm zur Regalwand hinter dem Ladentisch, wo ein Vorhang den schmalen Eingang zum Hinterzimmer verdeckt. Der fensterlose Raum entpuppt sich als eine Mischung aus Fotolabor, Studio und Büro. Links neben dem Eingang ein breiter, heller Schrank. In der Ecke daneben ein großes Becken und ein tropfender Wasserhahn. Auf dem Arbeitstisch an der anschließenden linken Wand stehen Chemikalienflaschen, Vergrößerungsapparate, Entwicklerwannen und Fixierbänder. Verstreut liegen Filmrollen und Fotopapier herum. An einer Leine, unterhalb der ausgeknipsten roten Birne, sind mit Wäscheklammern Filme zum Trocknen aufgehängt. Der Papierkorb vor dem Tisch neben dem Arbeitsstuhl quillt über von weggeworfenen Zelluloidstreifen und zerknülltem Papier.

Im kalten Licht der Deckenlampe wirkt die Einrichtung – ein abgetretener Teppich in der Mitte und drei fleckige Stoffsessel um einen hölzernen Klubtisch – armselig. An der Wand gegenüber dem Arbeitstisch ein dunkler Eichenschreibtisch aus der Vorkriegszeit neben einem grauen Aktenschrank aus Metall. Eine halboffene Tür im Hintergrund gibt den

Blick frei auf einen kleinen, mit Kartons vollgestopften Flur, der zu einem Treppenaufgang und zur Hintertür führt.
Sinkowitsch und Rudkow setzen sich an den Klubtisch. Eine Flasche Campari, Orangensaft, ein halbvolles Glas und ein randvoller Aschenbecher bilden zusammen mit einem Stück Salami, einem halben Weißbrot und einem Messer ein unappetitliches Stilleben.
Luchetti holt zwei Gläser aus dem hellen Schrank, spült sie kurz aus und setzt sich zu den Männern.
»Er braucht Stempel und Unterschriften«, erklärt ihm Sinkowitsch. »Eine ältere Aufenthaltsgenehmigung von der Ausländerbehörde.« Er gibt Luchetti den Paß von Bajić. »Und von Ihnen die Papiere«, fordert er Rudkow auf.
Der zieht den weißen Umschlag aus der Tasche und reicht ihn Luchetti über den Tisch.
»Bedienen Sie sich.« Der Fälscher weist mit einer Handbewegung auf die Flaschen. Während er sich in die Papiere vertieft und sie mit dem Paß vergleicht, zündet er sich eine Zigarette an.
»Wieviel?« fragt Sinkowitsch beiläufig.
»Das übliche«, erwidert Luchetti, steht auf, geht zum Schreibtisch und legt Paß und Papiere dort ab. Dann verläßt er den Raum.
»Er ist ein Künstler, genial in seinem Fach«, sagt Sinkowitsch zu Rudkow, fährt sich mit einem Taschentuch über das feuchte Gesicht und schenkt sich einen Campari ein. »Sie auch?« Er hält Rudkow die Flasche hin.
»Nein, lieber Orangensaft.« Rudkow überwindet sich und füllt das vor ihm stehende, nicht ganz saubere Glas mit Saft.
Als Luchetti zurückkehrt, trägt er einen Schuhkarton unter dem Arm. Auf der Schmalseite ist mit schwarzem Filzstift vermerkt: »Germania«. Er setzt sich an den Schreibtisch, entnimmt dem Karton Stempel, Füllhalter, Kugelschreiber

und Stempelkissen, knipst die Schreibtischlampe an und macht sich an die Arbeit.
Die Männer am Tisch warten schweigend.
Nach einiger Zeit dreht sich Luchetti um. »Kann ich mal Ihren Paß sehen?« sagt er zu Sinkowitsch.
Der steht umständlich auf, greift nach seinem Paß und bringt ihn dem Fälscher zum Schreibtisch. Dann beugt er sich über ihn und schaut ihm interessiert bei der Arbeit zu.
Rudkow, der die Männer nicht aus den Augen läßt, holt seinen Kugelschreiber aus der Brusttasche und dreht die Ansteckklemme spielerisch nach oben. Dann hält er die Hand mit dem Kugelschreiber über Luchettis halbleeres Glas und drückt oben auf den Knopf. Statt der Mine schießt unten eine Injektionsnadel heraus, aus deren Öffnung eine glasklare Flüssigkeit in den Campari spritzt. Er läßt den Knopf los, und die Nadel verschwindet. Die Klemme dreht er in ihre normale Stellung zurück, wo sie einrastet, und steckt den Kugelschreiber wieder ein.
Schließlich packt Luchetti seine Arbeitsutensilien wieder in den Schuhkarton, knipst die Lampe aus und steht auf.
»Das wär's«, sagt er und rafft Bajićs Papiere zusammen.
»Gute Arbeit«, lobt Sinkowitsch, als Luchetti Paß und Papiere vor Rudkow auf den Tisch legt.
Während sich die beiden Männer wieder zu ihm setzen, sieht sich Rudkow die Arbeit des Fälschers gründlich an. Vorzüglich gemacht, denkt er. Der Mann ist tatsächlich ein Künstler. Und mit erhobenem Glas sagt er: »*Tante grazie. Alla sua salute.* – Auf Ihr ganz spezielles Wohl, Signore Luchetti.«
Sinkowitsch nippt an seinem Campari, während Luchetti den Rest in seinem Glas durstig in einem Zug hinuntergießt. Dann lehnt er sich entspannt zurück und zündet erneut eine Zigarette an.
Sinkowitsch, der ein Bündel Lirenoten hinblättert, denkt

sich nichts dabei, als Luchetti plötzlich nach dem Knoten seiner Krawatte greift. Erst als dieser nach Luft ringt und seltsam starre Augen bekommt, fragt er besorgt: »Fühlen Sie sich nicht wohl, Signore Luchetti?«
»Ich weiß nicht...« Luchetti röchelt. Sein Gesicht ist schweißbedeckt und läuft blau an, die Halsschlagadern treten hervor, sein Körper verkrampft sich.
»Um Gottes willen, er hat einen Herzanfall!« Sinkowitsch springt auf und beugt sich über Luchetti, dessen Kopf auf die Sessellehne zurückgefallen ist. Seine Augen werden glasig, und die Zunge rutscht aus dem halboffenen Mund. Als Sinkowitsch den feinen Geruch nach Bittermandel aus Luchettis Mund wahrnimmt, erstarrt er – weiß, daß der Mann tot ist. Ungläubig dreht er sich um. Voller Entsetzen blickt er in die Öffnung des Schalldämpfers an der Automatik, die Rudkow auf ihn gerichtet hält.
»Blausäure«, stammelt er, »Sie sind nicht Bajić.«
Mit sanftem Lächeln schüttelt Rudkow den Kopf und drückt ab.
Fast gleichzeitig dringt die Kugel in Sinkowitschs Hals ein. Sie zerfetzt Kehlkopf und Luftröhre, durchtrennt den Nervenstrang zwischen zwei Halswirbeln und tritt im Nacken wieder aus.
Sein Körper wird zurückgeschleudert und reißt dabei den Sessel mit dem toten Fälscher zu Boden. Sinkowitschs Organismus hört auf zu arbeiten, denn die lebensnotwendigen Instruktionen vom Gehirn über die Nervenbahnen bleiben aus. Er ist tot.
Ruhig legte Rudkow die Waffe auf den Tisch und erhebt sich. Er wäscht sein Glas und das Glas von Luchetti im Spülbecken aus, streift die am Beckenrand hängenden Gummihandschuhe über und wischt die Gläser trocken. Das eine stellt er in den Schrank, mit dem anderen geht er zu Luchetti. Geschickt drückt er dessen leblose Hand um das Glas,

stellt es auf den Tisch zurück und gießt etwas Campari ein. Danach reibt er seine eigenen Fingerabdrücke von der Orangensaftflasche und der Waffe ab.
Einen Augenblick sieht sich der Sowjetagent um und überlegt. Als er sich über Luchetti beugt, scheint ihn dieser aus dem einen, offengebliebenen Auge anzustarren. Entschlossen zerrt er ihn unter den Achseln aus dem umgestürzten Sessel zum Arbeitstisch. Dort läßt er den Toten hinsinken, als sei er vom Stuhl geglitten und habe dabei den Papierkorb umgestoßen. Er hebt dessen Linke, schließt sie um den Griff der 7,65er, mit dem Zeigefinger am Abzug – Rudkow ist nicht entgangen, daß Luchetti Linkshänder war – und läßt die Hand mit der Waffe zu Boden fallen.
Nun wendet er sich Sinkowitsch zu. Nachdem er ihm die KGB-Liste wieder abgenommen hat, dreht er den Erschossenen an den Beinen in Richtung Luchetti. Unter dem Nakken hat sich auf dem Teppich eine Blutlache gebildet. Schließlich hält er die Flamme von Luchettis Feuerzeug an einen Zelluloidstreifen am Boden und wirft den Schuhkarton mit den Stempeln in die sich rasch ausbreitenden Flammen. An der Tür blickt Rudkow noch einmal zurück. Keine sehr saubere Arbeit, konstatiert er selbstkritisch. Aber wenigstens hatte er alle Spuren verwischt – Zeugen, die auf ihn hinweisen könnten, ausgelöscht. Sollte die italienische Polizei doch herumrätseln, was hier wirklich gelaufen war!
Als er das Haus durch den Hinterausgang verläßt, vergewissert sich Rudkow, daß er von niemandem in der kleinen Gasse beobachtet wird. Er zieht die Tür sachte hinter sich zu, streift die Gummihandschuhe ab und schlendert gemächlich in Richtung Museo del Mare.

7

Heidelberg
Sonnabend, 28. September, 10 Uhr

Susan Atkins sitzt vor dem Frisiertisch und betrachtet sich kritisch im Spiegel. Mit den Fingerspitzen zieht sie die feinen Fältchen um die dunkelbraunen Augen nach und forscht nach dem versteckten, ›von einem Teufelchen entfachten Feuer‹, mit dem sie Lionel schon so oft geneckt hat. Ihr schmales Gesicht ist von kurzem, kastanienbraunem Haar eingerahmt, in dem ein paar silbrige Fäden schimmern. Langsam läßt sie ihr Nachthemd über die Schultern heruntergleiten und mustert prüfend ihren Busen. Ein bißchen klein, denkt sie. Aber das hat schließlich auch seinen Vorteil. ›Schwerkraft und Zahn der Zeit‹ haben ihm auf diese Weise weniger anhaben können. Sie ist achtundvierzig, und dafür, so findet sie, sind ihre Brüste immer noch recht attraktiv. An den schmalen Trägern zieht sie das Nachthemd wieder hoch, steht auf und geht zum Fenster. Windstöße schütteln die Bäume und reißen kupferfarbene Blätter los. Susans Blick wandert über die Baumwipfel hinunter zu den Dächern von Heidelberg. Herbst, denkt sie wehmütig. Vergänglichkeit. Dreiundzwanzig Jahre! Vor dreiundzwanzig Jahren hatte sie Lionel in England kennengelernt. Den US-Captain Lionel Atkins.
Der hochgewachsene Offizier mit den ernsten grauen Au-

gen hatte sie an ihren Vater erinnert. Auch er war Offizier gewesen, bei der RAF. Aber genaugenommen hatte sie ihn kaum gekannt. Denn kurz nach ihrem sechsten Geburtstag waren ihre Eltern bei einem Verkehrsunfall ums Leben gekommen.
Als sie Lionel kennenlernte, hatte sie ein kleines Antiquitätengeschäft in Heaverbridge geführt, einer Ortschaft im welligen Flachland von Essex, nicht weit entfernt von dem geheimen anglo-amerikanischen Luftwaffenstützpunkt Laconbury.
Er blieb vor ihrem Schaufenster stehen, als sie gerade damit anfing umzudekorieren. Er war ihr sofort aufgefallen, und interessiert hatte sie ihn immer wieder versteckt angesehen. Plötzlich führte er die Fingerspitzen zum Mund und warf ihr unter herzerweichendem Schielen durch die Scheibe eine Kußhand zu. Danach war er schnurstracks in den Laden gekommen und hatte behauptet, er brauche dringend eine antike Tischlampe. Stundenlang hatte er sie in Atem gehalten und sie schließlich zum Abendessen eingeladen, um sie ›für die Mühe zu entschädigen‹, wie er es formuliert hatte.
Ein paar Monate später, im Herbst, waren sie dann gemeinsam in Urlaub gefahren.
Es war eine herrliche Zeit gewesen. An einem sonnigen Tag hatten sie sich in Lionels offenem Sunbeam Rapier nach Cornwall aufgemacht. Auf schmalen, gewundenen Landstraßen fuhren sie an Wiesen und Weiden vorbei, die durch graue Feldsteinmauern voneinander getrennt waren. Und dazu leuchtete das Herbstlaub der Bäume in allen Farben. Für die Jahreszeit war es erstaunlich warm gewesen.
Sie hatte ihr Kopftuch abgenommen und, um das schulterlange Haar zu lockern, den Kopf geschüttelt und im Nacken mit beiden Händen hochgeschoben. Lionel hatte ihr aus den Augenwinkeln lächelnd zugesehen. Sie hatte sein Lächeln erwidert und das Tuch auf den Knien glattgestreift.

Sie erinnert sich noch genau an das maisgelbe Kleid von damals, und daß sie ihn immer wieder hatte anschauen müssen. Ein Lächeln gleitet über ihr Gesicht, als ihr wieder einfällt, wie sie das Kopftuch zwischen beiden Händen straffgezogen hatte, mit hochgereckten Armen über Lionels Kopf im Fahrtwind flattern ließ und es ihm dann blitzschnell vors Gesicht gehalten und losgelassen hatte. Vom Wind zurückgeblasen, hatte sich das Seidentuch sofort wie eine zartblaue Haut um sein Gesicht geschmiegt und ihm die Sicht genommen.

Sie hört förmlich den Schrei, den er ausgestoßen hatte. Er war einen Moment wie gelähmt gewesen, hatte dann aber das Bremspedal so hart durchgetreten, daß das Heck des Sunbeams herumschlitterte. Als der Wagen schließlich stand, hatte sich Lionel das Tuch empört von den Augen gerissen. Während sie an die Tür gelehnt dasaß, mit dem Finger auf ihn gezeigt und sich dabei vor Gelächter geschüttelt hatte.

Schnell wurde ihm klar, daß sie das Ganze nur inszeniert hatte, weil weit und breit kein Wagen in Sicht war und es keinen Straßengraben gab, in dem der Wagen hätte landen können. »Großartig«, hatte Lionel ironisch gesagt und sie strafend angesehen. »Phantastisch! Machen wir's doch gleich noch mal, weil's so schön war!«

»Mein Gott, warst du komisch.« Vor Lachen hatte sie fast kein Wort herausgebracht. »Urkomisch.«

»Du verrückte kleine Hexe«, hatte er gesagt und sie liebevoll in die Arme genommen.

Abends waren sie in Penzance angekommen, einem malerischen Hafenstädtchen im Südwesten Cornwalls, das als berüchtigtes Seeräubernest in die englische Geschichte eingegangen ist. Sie hatten sich im ›Admiral Benbow‹ eingemietet, jenem Wirtshaus, in dem immer noch die uralten Piratengeschichten mit der Speisekarte serviert wurden. Sie

blieben acht Tage. Am Morgen nach der Ankunft war es mit dem schönen Herbstwetter vorbei gewesen. Schwere Regenwolken hingen am Himmel, und vom Meer her überzog sich das Land mit Nebelschwaden. Stunde um Stunde waren sie am Rand der Steilküste spazierengegangen. Waren bis zum äußersten Südwestzipfel Cornwalls, nach Land's End, gelaufen und hatten fasziniert zugesehen, wie sich die meterhohen, schaumgekrönten Wellen an den zerklüfteten Felsen der Steilküste brachen. Unermüdlich hatte sie ihn über Amerika ausgefragt. Und er hatte ihr von seiner Kindheit und Jugend im amerikanischen Bundesstaat Florida erzählt. Über seine Karriere und seinen militärischen Aufgabenbereich hatte er sich ausgeschwiegen. Erst viel später hatte sie erfahren, daß er dem militärischen Geheimdienst angehörte und damit der CIA unterstellt war.
Abends saßen sie am offenen Kaminfeuer in der niederen Gaststube des ›Admiral Benbow‹, aßen unter den rauchgeschwärzten Deckenbalken kornische Spezialitäten und tranken Port. Später lagen sie in der kleinen Kammer im Baldachinbett und näherten sich einander wie neugierige Kinder. Ihre Liebe war ein zärtliches Spiel, und sie war für ihn »ein mittelalterlicher englischer Garten, den es zu erkunden galt«, so hatte er damals gesagt. Manchmal – danach – hatten sie nackt am kleinen, bleiverglasten Fenster gestanden und zum dunklen Hafen hinübergeblickt. Ein Jahr später hatten sie geheiratet. Sie gab ihr Geschäft und die gemütliche Wohnung darüber auf und tauschte dafür das typische Leben einer Offiziersfrau ein – periodische Versetzungen ihres Mannes nach Amerika, Belgien, Italien ... und damit immer wieder Dienstwohnungen auf Militärstützpunkten. Durch Lionels Position litt ihr Privatleben. Immer der gleiche, scharf kontrollierte Umgang im ähnlichen Umfeld – Offiziere, Offiziersfrauen. Überall die gleichen, auswechselbaren Cocktailparties und Gespräche. In seiner Eigen-

schaft als militärischer Sicherheitschef war Lionel dann immer öfter dienstlich unterwegs und sie immer häufiger allein. Sie hatte sich nie an die langen einsamen Abende gewöhnen können und noch weniger an die einsamen Nächte.

Als das sehnlich erhoffte Kind jahrelang ausblieb, kam es immer wieder zu Auseinandersetzungen. Sie hatte ihn angeschrien, er sei nicht mit ihr, sondern mit der CIA verheiratet, und als ihre Streitigkeiten immer unerträglicher wurden, begann sie zu trinken – Whisky und Gin.

Für beide unerwartet, war sie dann schwanger geworden. Und eine Zeitlang sah es so aus, als hätte sie die Hoffnungslosigkeit, in der sie verfangen war, doch noch abschütteln können. Denn während eines langen gemeinsamen Urlaubs bei ihren Schwiegereltern in Florida hatten sie sich neu entdeckt. Sie lernte wieder zu lächeln und auf seine liebevolle Fürsorge zu reagieren. Als sie nach Europa und damit in die gewohnte Umgebung der Militärstützpunkte zurückkehrten, freuten sie sich, daß ihnen nun eine Zukunft zu dritt beschieden sein würde. Doch alle Hoffnungen wurden zunichte. Sie hatte eine Fehlgeburt. Nach der zweiten innerhalb von drei Jahren kam ihre so mühsam überwundene Zwangsneurose wieder zum Durchbruch. Oft überraschte Lionel Susan mit glasigen Augen und nach Alkohol riechendem Atem. Ein Zustand, in dem sie nicht mehr ansprechbar war. Natürlich suchte er ihre Trunksucht vor ihrer Umgebung zu vertuschen. Zwischen Haß und Depressionen hin und her gerissen, entzog sie sich ihm oder flehte ihn in Mitleid erregender Abhängigkeit um Hilfe an. Dann wieder zerfleischte sie sich in Selbstvorwürfen und bot ihm die Scheidung an, um ihn von der Belastung zu befreien, die sie für ihn bedeutete. Doch er lehnte stets ab. Er beteuerte ihr immer seine Liebe und machte ihr klar, daß er als Katholik in keine Scheidung einwilligen würde.

Als sich beide nach vierzehn Jahren an eine kinderlose Ehe gewöhnt hatten, wurde sie noch einmal schwanger. Bis zur Geburt des Kindes stand sie Höllenqualen aus, daß wieder etwas schiefgehen könnte. Sie war bereits neununddreißig Jahre alt, als sie von einem gesunden Jungen entbunden wurde. Nie würde sie diesen 14. Mai vor neun Jahren vergessen, der zum glücklichsten Tag in ihrem und Lionels Leben wurde.
Die Jahre vorher erschienen ihr nur noch wie ein böser Traum. Und Alkohol hatte sie seit Beginn ihrer Schwangerschaft nicht mehr angerührt. Ihr Leben hatte wieder Inhalt bekommen, wie überhaupt Oliver ihr und Lionel alles bedeutete.
Sie wendet sich ab vom Fenster und sieht zu dem gerahmten Farbfoto auf ihrem Nachttisch hinüber. Liebevoll betrachtet sie ›ihre Männer‹, wie sie die beiden immer nennt.
Die Hände in den Hosentaschen, steht Oliver breitbeinig vor seinem stolzen Vater und sieht sie mit halbgeneigtem Kopf aus tiefblauen, nachdenklichen Augen an. Dunkelbraune Locken umrahmen das zarte, ebenmäßige Gesicht mit dem sensiblen Mund.
Lionels Gesicht ist hagerer, sein Haar ist graumeliert und schütter geworden. Nur die ruhigen grauen Augen unter den starken Brauen haben sich in all den Jahren nicht verändert. Ihr Blick wandert wieder zu Oliver. Er ist wirklich ein prachtvoller Junge, mein Sohn, denkt sie. Und ihre Freunde und Bekannten hatten ganz recht, wenn sie ihr immer wieder bestätigten, welches Glück es für sie sein müsse, einen so warmherzigen und obendrein noch gutaussehenden Sohn zu haben. »Wenn du ihn nur nicht so maßlos verwöhnen würdest«, hört sie Lionels Stimme im Geist, »und hör auf, dich verrückt zu machen mit deiner ständigen Angst, daß dem Jungen etwas passieren könnte.«
Susan Atkins' Reminiszenzen werden von den Glocken-

schlägen der Turmuhr unterbrochen, die von der roten Sandsteinkirche heraufhallen.
Meine Güte, schon elf, denkt sie. Ich muß mich sputen. Meine Männer müssen jeden Augenblick zurück sein. Gegen acht, nach dem Frühstück, waren sie zum Tennisplatz des US-Militärdorfes ›Patrick Henry Village‹ gefahren. Sie geht zum Schrank und wählt nach kurzem Überlegen das jadegrüne Kostüm, das Lionel so gern an ihr sieht.

Als ihr Mann in die Bundesrepublik versetzt worden war, hatten sie zuerst eines der Einfamilienhäuser in ›Patrick Henry Village‹ bezogen. Aber schließlich konnte Susan ihren Kopf durchsetzen. Obwohl Lionel Sicherheitschef der Pershing-Basen in der BRD war, hatte er die Erlaubnis erhalten, ein Privathaus außerhalb des Militärdorfes zu mieten. Und seit sie durch einen Zufall die kleine Jugendstilvilla am Merianweg gefunden hatten, gleich unterhalb vom Heidelberger Schloß, genoß Susan Atkins die Freiheiten eines normalen Familienlebens aus vollem Herzen.
Susan geht nach unten, als sie Lionels Wagen vorfahren hört, und öffnet die Haustür.
»Hallo, Mum«, Oliver rennt durch den Vorgarten auf seine Mutter zu. »Du hast was verpaßt«, erzählt er ihr aufgeregt. »Hättest mal sehen sollen, wie mein Aufschlag heute geklappt hat.«
»Stimmt«, sagt Lionel lachend und schließt die Gartentür hinter sich. »Er hat den Ball tatsächlich einigermaßen getroffen. Der Trainer meint, daß er die Anlage zum Tennisspielen hat. Allerdings sollte er vorläufig höchstens einmal in der Woche trainieren, weil er mit neun Jahren noch etwas jung ist.«
Atkins geht auf seine Frau zu und nimmt sie in die Arme. »Weißt du was, Sue, jetzt machen wir einen Stadtbummel und gehen anschließend im ›Ritter‹ zum Mittagessen.«

Wenig später schlendern sie die schmale, zur Fußgängerzone ausgebaute Hauptstraße entlang, bleiben hin und wieder vor den Schaufenstern stehen und machen ein paar kleinere Einkäufe. Die drei unterscheiden sich in nichts von den vielen anderen Menschen, die ihre Wochenendeinkäufe erledigen. Wohl kein Passant hätte in dem großen, hageren Mann in Begleitung von Frau und Kind einen hochrangigen US-Offizier und Geheimnisträger der obersten Stufe vermutet, verantwortlich für Schutz und Sicherheit der Pershing-2-Standorte in der Bundesrepublik. Bis auf einen. Den Mann, der ihnen so gekonnt und unauffällig folgte, daß Colonel Atkins und seine Familie unmöglich etwas davon merken konnten.

8

Neckargemünd-Kleingemünd
Sonntag, 29. September, 12 Uhr 45

Die Dachkammer des grauen, unscheinbaren Häuschens ist feuchtkalt. Es riecht nach Kochdunst, Knoblauch, Gewürzen und Babywäsche, Schimmel und Moder. Eine für schlecht isolierte Häuser typische Geruchssymphonie.
Nikolaij Rudkow hat sich hier, am Ortsrand von Kleingemünd und nur ein paar Kilometer von Heidelberg entfernt, bei einer türkischen Gastarbeiterfamilie eingemietet. Recai Küschmül, der Hausherr, arbeitet als Fensterputzer bei einer Gebäudereinigungsfirma und benutzt die Nebeneinnahmen aus der Vermietung seiner Dachkammer, um sein Häuschen langsam instandzusetzen.
Rudkow blickt durch den grauen Regenschleier hinüber zur anderen Seite des Neckars, zu den Silhouetten der mittelalterlichen Häuser von Neckargemünd, hinter der Hochwasserschutzmauer.
Plötzlich wird in seiner Erinnerung eine Saite angeschlagen. Ein Klang aus der Vergangenheit schwingt in seinem Herzen. Ein grauer, feuchter Tag und ein Raum – ähnlich wie dieser. Sonntag, Herbst. Vor langer Zeit. Zwanzig Jahre, ist es möglich? Ein Leben lang?
Vor zwanzig Jahren war Rudkow sechzehn gewesen. Onkel und Tante hatten ihn eingeladen, die Herbstferien mit

seiner Kusine auf dem Land in ihrem Haus zu verbringen. Auf der kleinen Bahnstation war er humpelnd aus dem Eisenbahnwagen geklettert, denn ein Fuß war in Gips. Beim Sport hatte er sich einen Bänderriß zugezogen. Seine Kusine hatte ihn abgeholt. Er hatte Raya zuletzt vor drei Jahren gesehen und war nicht sonderlich von ihr beeindruckt gewesen. Diesmal war es ganz anders. Er hatte sich nicht sattsehen können an ihr und gemerkt, daß auch sie ihn ein paarmal auf eine Art anschaute, die er nicht anders als warm und interessiert deuten konnte; aus tiefdunklen Augen, beinah kohlschwarz, die die Farbe ihres schulterlangen Haars reflektierten. Sie war ein Jahr jünger als er, hatte ein schelmisches Gesicht, einen großen Mund mit blitzenden Zähnen und eine Stupsnase. Ihres Körpers bewußt, hatte sich Raya mit natürlicher, einladender Grazie bewegt. Ihre festen, reifenden Brüste zogen seinen Blick ebenso an wie ihre schlanken Schenkel und Hüften, die sich unter den Falten ihres Kleides mit beunruhigender Deutlichkeit abzeichneten. Eine hinreißende Frische, die seine Lenden in Aufruhr versetzt hatte. Schmerzlich erinnert sich Nikolaij Rudkow an diese erste und einzige Liebe.
Wegen einer leichten Komplikation hatte er den Fuß hochstellen müssen und daher in der kleinen Dachkammer im Bett gelegen. Es hatte nach harzigem Holz gerochen, nach Gewürzen und leichtem Moder. Er hörte dem Regen zu, der an die Scheiben klopfte, und beobachtete die sich ständig neu bildenden Bahnen der herabrinnenden Tropfen. Draußen war das trostlose Grau langsam von der Dämmerung überdeckt worden.
Onkel und Tante waren einer Einladung gefolgt, und er hatte sich gefragt, ob Raya wohl nach ihm sehen würde. Als sich dann schließlich die Tür sachte bewegte, tat sein Herz einen Sprung. Ein provozierendes Lächeln um die Lippen, stand sie im Türrahmen.

»Die ganze Zeit habe ich überlegt, ob du zu mir heraufkommen würdest«, hatte er gesagt.
»Überlegt oder gehofft?«
»Gehofft, natürlich!«
Mit klopfendem Herzen hatte er sie aufgefordert, zu ihm zu kommen.
»Ich konnte dich doch nicht den ganzen Nachmittag allein lassen. Ich dachte, daß ich dir vielleicht ein wenig Gesellschaft leisten könnte«, erklärte sie und setzte sich mit glühendem Gesicht auf die Bettkante.
»Ist dir nicht kalt?« Er berührte ihre Hand.
»Es geht.«
Raya! – Er hatte das dumpfe Pochen ihres Herzens gespürt, von dem jede Faser seines Wesens, seines Körpers in Erregung versetzt worden war. Von Verlangen und Neugier überwältigt, zog er sie an sich, streichelte sie und küßte sie zart. Mit unbeholfenen Fingern öffnete er ihr Kleid, suchte die Berührung mit ihrer Haut und entdeckte zum erstenmal die Formen eines weiblichen Körpers.
»Du bist ein ungezogener Junge«, hatte sie geflüstert und es geschehen lassen.
Sie schmeckte nach allem, was er in seinem jungen Leben so gern mochte: nach Honig, Bratäpfeln mit Zimt, Tomaten und Tee – und sie roch auch so. Sein Körper fühlte und tat Ungeahntes, Unbekanntes und Unvorstellbares.
Die wenigen Ferientage waren nur zu schnell vergangen. Sie hatten eine herrliche Zeit gehabt. Und das Bemühen, ihre Liebe vor Rayas Eltern geheimzuhalten, war dabei von zusätzlichem Reiz gewesen. Es wurde ein schmerzhafter Abschied. Danach hatten sie sich geschrieben und sehnsüchtig auf das Wiedersehen in den nächsten Ferien gewartet.
Aber es war anders gekommen. Einige Monate später war Raya tot. Sie war einer Typhusepidemie zum Opfer gefal-

len. An ihrem Grab hatte Nikolaij das Gefühl gehabt, als würde sein Herz mitbeerdigt, und er hatte geschworen, sich nie wieder zu verlieben.
Was soll's. Zwanzig Jahre. Längst vorbei. Rudkow gibt sich einen Ruck, öffnet das kleine Gaubenfenster und hält seinen Kopf in den Regen. Er schließt die Augen und genießt die kalten Tropfen, die ihm der Wind ins Gesicht peitscht.
Dieser Auftrag, denkt er. Ich komme nicht weiter. Die Zeit vergeht. Unmutig tritt er zurück, schlägt das Fenster zu und setzt sich an den wackeligen Tisch. Es war ein Kinderspiel gewesen, sich von Triest abzusetzen und als Bajić in die BRD einzureisen. Den blauen Ford mit der Frankfurter Nummer hat er sofort abgestoßen und sich einen Audi besorgt.
Seit er in Kleingemünd wohnt, hat er jede Gelegenheit wahrgenommen, Atkins und seiner Familie auf den Fersen zu bleiben. Er hat mit allen Tricks die Sicherheitsvorkehrungen im US-Hauptquartier und Mutlangen ausspioniert und analysiert. Er ist nun zu der Überzeugung gekommen, daß es tatsächlich nur einen erfolgreichen Weg gibt, an die Pershing-Programmierungsunterlagen oder die Computerkassette heranzukommen: Colonel Atkins. Wo ist sein wunder Punkt, grübelt Rudkow. Seine Schwachstelle. Wo muß ich ansetzen, um ihn gefügig zu machen?
Dieser Mann ist anscheinend ein Bilderbuch-Offizier mit einer Bilderbuch-Karriere. Ein ruhiger, verschlossener Mensch ohne Laster. Keine Weibergeschichten, keine homosexuellen Tendenzen, weder Alkohol- noch Drogenmißbrauch. Nichts. Aber schließlich ist es auch gar nicht anders zu erwarten, denkt Rudkow. Denn vor seiner Rekrutierung in die CIA wurde Atkins daraufhin überprüft und mußte tagelange Tests mit dem Lügendetektor über sich ergehen lassen.
Im Geist geht Rudkow noch einmal Atkins' Dossier durch, das in der Ersten Hauptverwaltung des KGB über ihn vor-

liegt. Sein Werdegang in der CIA hatte mit dem JOT – dem Junior Officer Training Program – begonnen. Dem folgte die Ausbildung in den CIA-Camps San Antonio, Texas, und Peary, Virginia. Atkins' Spezialausbildung war auf Sicherheit ausgerichtet, auf den Schutz von Militäreinrichtungen und auf Spionageabwehr. Später, als Sicherheits- und Nachrichtenoffizier bei der Armee, absolvierte er Pershing-Spezialkurse bei der Marietta Corporation in Orlando und Computer-Lehrgänge. Seine Beförderungen bis zum Sicherheitschef der Pershing-Basen in der BRD waren in schöner Regelmäßigkeit erfolgt.

Nichts, was mir weiterhelfen könnte, denkt Rudkow mißmutig. Und sein Privatleben? Die Ehe scheint recht glücklich zu sein. Erstaunlich, daß er mit Frau und Kind das Risiko eingeht, außerhalb des militärischen Sicherheitsbereichs zu wohnen. Das Kind ist erst neun Jahre alt. Den Jungen hat sie sehr spät bekommen. Oliver heißt er. Was für ein Getue sie gestern mit ihm in der Heidelberger Fußgängerzone hatte – die reinste Affenliebe. Der Junge – natürlich, das ist es. Ich muß mit Peter Brandon in Verbindung treten.

9

Bad Godesberg
Sonntag, 29. September, 11 Uhr 30

Peter Brandon steht in seiner SAS-Uniform in der Öffnung der Transportmaschine. Tief unter ihm wabern die Grüntöne des malaiischen Dschungels. Er überprüft seinen Owen-Maschinenkarabiner und wartet auf das Absprungsignal. In seinen Ohren dröhnt das monotone Brummen der Flugzeugmotoren, in das sich das Pfeifen des Flugwindes mischt. Plötzlich klingen die Motoren beunruhigend unregelmäßig. Er erwacht, öffnet die Augen und blinzelt. Er sieht eine Stuckdecke über sich und überlegt krampfhaft, wo er ist und in welchem Zeitabschnitt. Er dreht den Kopf zur Seite und fragt sich: Wer, zum Teufel, ist die Frau in meinem Bett? Sie schnarcht. Aha! – die Flugzeugmotoren in meinem Traum, erinnert er sich amüsiert. Außer ihrem platinblonden Haar ist nichts von ihr zu sehen. Er kramt in seinem Gedächtnis – sie hieß Marina oder so ähnlich.
»Hallo«, sagt er mit gedämpfter Stimme und schüttelt sie leicht an der Schulter.
»Hmm«, macht sie unwillig und räkelt sich wohlig.
»Hör auf zu schnarchen.«
»Ich schnarche nicht«, murmelt sie schlaftrunken. »Damen schnarchen nie! Laß mich schlafen. Wie kannst du mich in aller Herrgottsfrüh wecken.«

»In aller Herrgottsfrüh! Daß du's weißt, es ist fast zwölf Uhr.«
Peter Brandon beugt sich über sie, zieht ihr die Bettdecke weg und betrachtet seine nächtliche Eroberung aus der Nähe. Zufrieden registriert er, daß er trotz seines alkoholisierten Zustandes keine schlechte Wahl getroffen hat: Sie hat lange Beine, einen handlichen festen Busen und eine gebräunte, seidige Haut. Sie schnarcht wieder. Jetzt klingt es wie das zufriedene Schnurren einer Katze, die sich über ihr Lieblingsgericht hermacht.
In der vergangenen Nacht, nachdem die letzten Gäste seine Wohnung verlassen hatten, war sie geblieben, um ihm beim Aufräumen zu helfen. Rosa, seine fränkische Haushälterin, war ein paar Tage zu ihrem Bruder gefahren.
Unter Gelächter und ausgelassen herumalbernd hatten sie Flaschen in die Küche getragen, Gläser und Geschirr in die Spülmaschine geräumt und zwischendurch ein Glas Champagner nach dem anderen getrunken. Sie hatte in seinen Platten gewühlt und sich zu den Klängen von Klaus Schulzes ›Body love‹ tanzend aus ihrem Abendrock gewickelt, um sich schließlich voller Energie und hemmungslos mit ihm ins Bett zu stürzen.
Er kommt sich vor, als habe er in einem Brombeergebüsch übernachtet, so zerkratzt ist sein Rücken und seine Schenkel. Steifbeinig klettert er aus dem Bett. Seine Kleider liegen wild verstreut auf dem Teppich. Er gähnt, bis sein Kiefer knackt.
Als er die Schlafzimmertür öffnet, steht seine Tochter Evchen im langen rosa Nachthemd draußen im Flur.
»Entschuldige«, sagt er, geht zurück und zieht seinen Bademantel über. Die Tür läßt er versehentlich offen.
Als er ins Badezimmer geht, folgt ihm Evchen schweigend und sieht zu, wie er den Kopf unter den Wasserhahn steckt. Dann stellt er sich unter die Dusche. Das Badetuch um die

Hüften geschlungen, betrachtet er danach sein Gesicht kritisch im Spiegel.
Erst jetzt fragt sie ihn: »Wer ist die da drin?«
Evchen ist zehn, hat blondes, zu einem Pferdeschwanz zusammengerafftes Haar, ein sommersprossiges Gesicht mit forschenden, rauchgrauen Augen. Sie ist das hinreißende Ebenbild ihrer Mutter, denkt er.
»Das ist – nun das ist, äh, Marina.«
»Frühstückt die mit uns?«
»Klar. Nehm' ich doch an. Oder hast du was dagegen?«
»Magst du sie?«
Brandon verschlägt es die Sprache. Eine Weile schaut er seine Tochter nachdenklich an und sagt schließlich: »Das weiß ich noch nicht. Eigentlich haben wir kaum miteinander gesprochen.«
»Und trotzdem bleibt sie zum Frühstück?«
»Na ja, wir haben uns ja nicht gestritten, also bleibt sie.«
»Und du kannst dich immer noch leiden und sie sich auch?«
»Woher soll ich das wissen, schließlich schläft sie noch. Und im Schlaf kann man doch kaum beurteilen, ob man sich leiden kann oder nicht.«
»Ich schon. Ich weiß auch, wenn ich schlafe, wen ich mag.«
Brandon zieht wieder seinen Bademantel über und geht in die Küche. Seine Tochter folgt ihm wie eine besorgte Ehefrau. Er holt Mineralwasser für sich und Milch für Evchen aus dem Kühlschrank.
»Wär eigentlich schön, wenn du etwas vernünftiger würdest«, sagt sie.
»Vernünftiger, was soll das heißen? Für meine Begriffe führe ich mit dir ein verdammt vernünftiges Leben. Ich gehe meiner Arbeit nach, um Geld zu verdienen, damit wir beide gut leben können.«
»Ich meine, daß du wieder heiraten könntest.«

Brandon schüttelt den Kopf. »Du weißt doch, da
deiner Mutter versucht habe. Aber anscheinen
mich nicht so recht zum Ehemann – und im übri
mir schwer, treu zu sein. Wenn ich mich einge
und abhängig bin, bekomme ich Fernweh.«

»Aber mir bist du doch treu?«

»Das ist was ganz anderes. Du bist meine Tochter. Dir bin ich natürlich treu, auch wenn ich dich viel allein lassen muß.«

Evchen spielt mit der Kappe der Mineralwasserflasche.

»Willst du von Mami überhaupt nichts mehr wissen?« fragt sie.

»Unsinn. Deine Mami war für mich die hübscheste Frau im Leben. Dafür bist du doch der schlagende Beweis. Aber sie hatte einfach genug von dem Leben, das ich aus beruflichen Gründen führen muß. Darum wollte sie nicht mehr und hat sich einen anderen Mann gesucht. Ich konnte sie nicht daran hindern.«

»Warum mußt du eigentlich so oft weg, Papi? In der Schule hat mich Karola gefragt, was du machst. Ich hab' ihr gesagt, daß du ein hohes Tier im Verteidigungsministerium bist. Stimmt das?«

»Na ja, hohes Tier ist reichlich übertrieben. Ich bin so was ähnliches wie ein Koordinator.«

»Was ist das?«

»So eine Art Verbindungsmann zwischen der Bundeswehr und der NATO.«

»Und Mami – wenn sie wiederkommt, würdest du sie dann behalten?«

Brandon, der gerade Geschirr aus dem Schrank genommen hat, bleibt wie angewurzelt stehen. Dann stellt er alles bedächtig auf dem Tisch ab, geht zu seiner Tochter und schließt sie fest in die Arme. »Du bist alles, was ich brauche«, sagt er zärtlich.

»Du willst sie also nicht mehr?«
»Nein«, sagt er. »Es wäre nicht richtig.«
»Für wen nicht richtig?« Sie hat Tränen in den Augen.
»Es wäre nicht richtig gegenüber deiner Mutter, gegenüber dir und mir«, erklärt er. »Du weißt doch selbst, daß wir uns nur streiten würden. Und am Ende wäre nur noch Haß, wo eigentlich Liebe sein sollte.«
Eva lehnt den Kopf an seine Schulter und sagt kaum hörbar: »Sie fehlt mir aber.«
»Ich weiß.« Brandon streicht ihr über den Kopf. »Mir auch.«
»Hoffentlich störe ich nicht«, unterbricht sie eine Stimme. Marina steht an der Küchentür. Interessiert beobachtet sie Brandon und das Mädchen.
Sie trägt eines von seinen hellblauen Hemden – offen. Es enthüllt ihren flachen Bauch und darunter das hellbraune, krause Haar oberhalb ihrer langen, gebräunten Schenkel. Schamlos und provozierend steht sie da – mit der gleichen lässigen Eleganz, die ihm an Evas Mutter so gefallen hat.
Evchen, die diese Art mit untrüglichem Instinkt erfaßt, küßt ihren Vater flüchtig und verläßt die Küche.
»Hab' ich sie verscheucht?« fragt Marina mit versteckter Genugtuung.
Brandon fährt sich verlegen durch den dunkelblonden Haarschopf.
»Sie kennt das bei mir und will, daß ich mich schuldig fühle. Sie vermißt ihre Mutter.«
»Verständlich.« Marina geht zu ihm und küßt ihn zuerst auf die Stirn, dann auf den Mund. »Soll ich Kaffee machen für uns?«
»Wenn du willst. Die Kaffeemaschine steht dort.« Er deutet auf den Arbeitstisch.
Als er Eier auf den gebratenen Speck in die Pfanne schlagen will, schmiegt sie sich eng an seinen Rücken und läßt ihre

Hand unter dem Bademantel langsam über den Brustkorb abwärts gleiten. »Du bist verdammt aufregend, weißt du das?«
Der feste Widerstand, der sich ihrer weitergleitenden Hand entgegenstellt, enthebt ihn einer Antwort. Er schaltet den Elektroherd ab. »Halt, benimm dich«, sagt er grinsend, nimmt ihre Hand und steckt sie in die Tasche seines Bademantels.
»Jetzt werden wir uns erst mal stärken.«
»Du bist sonderbar«, sagt sie. »Merkwürdig und wunderbar.«
»Ich – merkwürdig?«
Sie nickt beglückt.
Er schaut sie stirnrunzelnd an.
»Ja, du bist merkwürdig«, wiederholt sie und betrachtet den großen Mann von Kopf bis Fuß: seinen schlanken, durchtrainierten Körper, das trotz seiner sechsundvierzig Jahre noch so jungenhaft wirkende Gesicht mit den durchdringenden, hellen Augen. Er sieht ein bißchen mitgenommen aus, aber das macht ihn eigentlich noch attraktiver. »Für mich bist du eine kuriose Mischung aus Lausejunge und Hochschulprofessor«, schließt sie ihre Betrachtungen ab.
Irritiert schüttelt er den Kopf. Merkwürdig? Manchmal hatte er tatsächlich das Gefühl, sein Leben und sein Beruf verliefen in einer verkehrten, einer Spiegelbild-Welt. Und oft genug, wenn er sich zufällig im Spiegel begegnete, wußte er nicht, wer ihm daraus entgegensah – sein gewohntes Ich oder der unbekannte, ihm eigentlich fremde Doppelgänger. Das liegt an dem Scheißberuf, denkt er verbittert.
»Ich gäbe etwas dafür, wenn ich wüßte, woran du gerade denkst«, sagt Marina.
»Daß wir uns vor dem ›Brunch‹ anziehen sollten – schon wegen der Kleinen«, lenkt er ab.
Später spielen sie mit Evchen in seinem mit Buchregalen

vollgestopften Wohnraum Canasta. Als sie schließlich aufbrechen wollen – Brandon hatte Marina angeboten, sie nach Bonn zu fahren, wo sie wohnt – klingelt das Telefon. Er nimmt den Hörer ab. »Ja«, meldet er sich.
»Bin ich mit Hotel *Rheinblick* verbunden?« fragt eine Männerstimme, die Brandon nur zu gut kennt.
»Nein, da haben Sie sich verwählt.«
»Das ist ja zum Verrücktwerden«, hallt es empört aus der Hörmuschel. »Jetzt versuche ich schon zum fünftenmal, das verdammte *Rheinblick* in Bad Breisig an die Strippe zu kriegen, und immer wieder meldet sich ein falscher Teilnehmer.«
»Tut mir leid für Sie«, antwortet Brandon gleichgültig. »Diesmal sind Sie in Bad Godesberg gelandet.«
Brandon legt auf und geht ins Schlafzimmer. Als er zurückkommt, hat er einen Regenmantel über dem Arm.
»Du kannst mich erschlagen, Marina«, sagt er, »aber mir ist gerade noch rechtzeitig eingefallen, daß ich verabredet bin. Ich bin bald zurück und fahr dich später nach Hause, oder du bleibst einfach hier.« Er zwinkert ihr vielsagend zu.
»Siehst du, so ist das mit Papi. Immer wenn's am schönsten ist, fällt ihm ein, daß er weg muß«, mault Evchen.
»Also, tschüs, bis später«, sagt Peter Brandon und verläßt seine Wohnung.

10

Bad Breisig
Sonntag, 29. September, 17 Uhr

Als Peter Brandon auf den Parkplatz des Hotels *Rheinblick* einbiegt, dämmert es bereits. Er sieht das Aufblinken der Scheinwerfer eines schmutzigweißen Audis und stellt seinen dunkelblauen BMW in einer Parklücke ab. Dann steigt er aus, zieht seinen Regenmantel über und geht zum Rheinufer hinunter, ohne sich umzusehen.
Lastkähne tuckern durch die Regenschwaden auf dem Fluß dahin. Trübe schimmern die ersten Lichter vom anderen Ufer.
Peter Brandon stellt den Mantelkragen hoch und wartet auf ›Feliks‹, den GRU-Agenten aus Moskau, der ihn am Telefon verschlüsselt aufgefordert hat, um fünf Uhr hier zu sein.
Als Rudkow zu ihm stößt, begrüßen sich die Männer mit einem kurzen Kopfnicken, laufen eine Weile wortlos nebeneinander den Fußweg am Rheinufer entlang.
Was hat diesen Mann veranlaßt, sich für das KGB anheuern zu lassen, überlegt Rudkow. Welche von den IGEL-Komponenten trifft auf ihn zu?
Rudkow erinnert sich an die Vorlesung eines KGB-Obersts während seiner Ausbildungszeit, der die Motive definiert hatte, die Leute veranlassen, als Agenten zu arbeiten: Ideologie, Geld, Ego oder Laster – vier Worte, aus deren An-

fangsbuchstaben das Akronym IGEL entstanden war. »Gewöhnlich lassen sich Männer und Frauen aus einem dieser Beweggründe für das KGB gewinnen«, hatte der Oberst ausgeführt, aber gleichzeitig darauf hingewiesen, daß sich der Falloffizier möglichst alle vier Motive zunutze machen sollte. Denn Entdecken, Anwerben und Entwickeln von Agenten seien die wichtigsten Einzelaufgaben eines Offiziers der Ersten Hauptverwaltung.

Agentenanwärter sollten besondere Voraussetzungen erfüllen, hatte der Oberst betont: im Idealfall hohe Intelligenz, Vitalität, Widerstandskraft, Geschick im Umgang mit Menschen aus allen Schichten, Mut, Ausdauer, Initiative und Phantasie. Ein Agent müsse loyal sein und felsenfest an die sowjetische Sache glauben. Er müsse bereit sein, in einem fremden Land zu sterben und den größten Teil seines Lebens dem KGB zu opfern.

Ob das alles auf diesen Deutschaustralier Peter Brandon – Codenamen Hagen – zutrifft? überlegt Nikolaij Rudkow. Er weiß, daß Brandon 1972 in Washington vom dortigen KGB-Residenten, General Boris Solomatin, angeworben wurde und jetzt dem Chef der Abteilung 2, Jurij Kreschnatik, untersteht.

Vor einigen Jahren, als Rudkow erstmals den Auftrag erhalten hatte, mit Brandon in der BRD zusammenzuarbeiten, war ihm von der Zentrale bedeutet worden, daß dieser Brandon einer der wichtigsten und zuverlässigsten Agenten an der ›unsichtbaren Front‹ in der BRD sei und die Reihe von Sorge, Philby, Fuchs und Rotsch erfolgreich fortsetze.

»Ich brauche Ihre Unterstützung bei einer äußerst riskanten Operation«, bricht Rudkow schließlich das Schweigen. »Vermutlich bin ich bei Ihnen bereits durch unsere Sektion der Bonner Botschaft avisiert worden.«

»Ja«, antwortet Brandon, »über den Dubok.«*

* Toter Briefkasten im KGB-Jargon.

»Die Zentrale ist entschlossen, Aktivmaßnahmen einzuleiten, da der amerikanische Präsident das nukleare Gleichgewicht mit seiner übertriebenen Aufrüstung stört. Und Kernwaffen sind nun einmal furchterregende Kriegsinstrumente in imperialistischen Händen. In unseren Händen – der Hand von Kommunisten – sind sie dagegen ein Schild, der den Frieden garantiert.«
»Bei mir können Sie sich die ideologische Phrasendrescherei sparen, Genosse Feliks, wir ziehen am gleichen Strang. Also, kommen wir zur Sache. Worum geht es?«
Eigentlich mag ich den Kerl nicht, denkt Rudkow – obwohl wir ihm eine ganze Menge zu verdanken haben. Er war mir nie recht sympathisch. Ich kann ihn nicht einstufen. – Geld? Ist es das? Geltungssucht? Hat er sich deswegen anwerben lassen? – Der Gedanke läßt Rudkow keine Ruhe.
»Unser Problem ist die Pershing 2«, sagt er verhalten. »Das Politbüro hat entschieden, eine Störelektronik entwickeln zu lassen.«
»Ah ja.« Brandon horcht auf. »Eine Störelektronik? Und welche Aufgabe kommt mir dabei zu?«
»Wir wissen, daß die Raketen zu gelegentlichen Einsatzübungen auf ihren fahrbaren Abschußrampen außerhalb des Stützpunkts in Stellung gebracht werden. Die Zentrale benötigt Einzelheiten über diese Übungseinsätze für einen Zeitraum von drei Monaten – und noch eine Kleinigkeit...«
Rudkow bleibt stehen und mustert in der Dunkelheit Brandons Gesicht. Nach einer Kunstpause fährt er fort: »Die Kleinigkeit ist eine Programmierungskassette für den Steuerungscomputer der Pershing 2.«
Brandon verschlägt es für einen Augenblick die Sprache. »Sie müssen übergeschnappt sein«, stellt er schließlich sachlich fest. »Sie wissen genau, daß es unmöglich ist, da ranzukommen. Die Navigationsprogramme der Pershing

und der Cruise-Missile gehören zu den am strengsten gehüteten US-Militärgeheimnissen überhaupt.«
»Ich weiß, daß Sie mir die Kassette nicht beschaffen können«, unterbricht ihn Rudkow kühl. »Darum geht es auch nicht, denn ich kenne jemand, der sie mir geben wird.«
»Die Kassette – Ihnen geben? Wer schon?« fragt Brandon verständnislos und läuft ungeduldig weiter.
»Das kann nur einer. Der Sicherheitschef für die Pershing-Basen.« Rudkow hält mit ihm Schritt.
»Sie meinen doch nicht etwa Colonel Atkins?« Brandon lacht auf. »Der – nie!«
»O doch!« Rudkow läßt sich nicht beirren. »Jeder hat seinen Preis.«
»Atkins können Sie vergessen«, sagt Brandon bestimmt. »Der ist nicht käuflich, und außerdem ist er ein überzeugter Patriot.«
»Mag sein. Trotzdem. Auch er hat seine Achillesferse. Er besitzt nämlich etwas, das er um nichts in der Welt verlieren möchte«, sagt Rudkow zynisch. »Wie ich ihn einschätze, würde er alles – aber auch alles tun, um diesen Besitz wiederzuerlangen, wenn er abhanden käme.«
»Sie sprechen in Rätseln. Machen Sie's nicht so spannend. Spucken Sie es schon aus, was für ein Besitz?«
»Ich spreche von seinem Sohn Oliver. Oder wußten Sie nicht, daß Atkins einen neunjährigen Sohn hat?«
»Sie wollen...«
»Ich will ihn nur entführen – nach Italien. Und Sie werden mir dabei helfen.«
Er muß wahnsinnig sein, denkt Brandon. »Ich entführe keine Kinder, auch nicht als KGB-Spion«, sagt er beherrscht. »In all den Jahren habe ich aus politischer Überzeugung mit der Sowjetunion zusammengearbeitet. Aber –«

»Aber diese Entführung ist politisch notwendig«, fällt ihm Rudkow ins Wort.
»Mann, sehen Sie denn nicht, daß Sie mit einer solchen Aktion ein unvorstellbares politisches Risiko für die Sowjetunion eingehen? Wer garantiert Ihnen denn, daß Atkins nicht Himmel und Hölle in Bewegung setzt, um sein Kind wiederzubekommen – oder sogar für sein Land opfern würde?«
»Das wird er nicht tun. Da bin ich mir ganz sicher. Ich habe ihn und seine Familie sorgfältig studiert. In letzter Konsequenz wird er Gott, Vaterland und Kassette opfern – aber nicht sein Kind und seine Frau; vor allem, wenn er weiß, daß die Kassette der einzige Garant ist, seinen Sohn intakt wiederzubekommen.«
»Haben Sie Kinder?« fragt Brandon beiläufig.
»Nein. Steht auch nicht zur Debatte.«
»Klar, daß Sie sich dann nicht vorstellen können, was eine Entführung bedeutet – für Kind und Eltern.«
»Werden Sie nicht sentimental«, sagt Rudkow. »In einem Atomkrieg kämen Millionen Kinder um. Zur Erhaltung des Friedens muß uns jedes Mittel recht sein.«
»Wenn Sie meinen. Sie müssen es ja wissen«, sagt Brandon frostig. »Wann und wie soll die Entführung vor sich gehen?«
»In Kürze«, erwidert Rudkow. »Von Ihnen brauche ich bis dahin zweierlei. Erstens und vordringlich den Termin der nächsten Inspektionsreise von Colonel Atkins. Zweitens die Daten, Orte und Zeiten der in den nächsten Monaten geplanten Pershing-Einsatzübungen im Umkreis von Mutlangen. Damit jedes Risiko vermieden wird – auch für Sie –, bleiben wir vorläufig über den toten Briefkasten fünf in Verbindung.«
»Halten Sie eigentlich Ihren Anruf und unser Treffen nicht für riskant?« erkundigt sich Brandon sarkastisch.

»Kaum. Ich habe mich vergewissert, daß Ihnen niemand gefolgt ist. Im übrigen kann bei dieser Operation nicht jedes Risiko ausgeschlossen werden. Gehen Sie zuerst zurück«, fordert er Brandon auf und verabschiedet sich mit einem kurzen Händedruck.

11

Heidelberg
Patrick Henry Village, Freitag, 4. Oktober, 15 Uhr

Colonel Atkins parkt seinen Chevrolet und geht zum HQ-Offiziersklub. Am Eingang salutieren die MP-Posten, überprüfen routinemäßig seine Identifikationskarte und lassen ihn in die mit Teppichboden ausgelegte Halle passieren. Er hat noch eine halbe Stunde Zeit bis zu seiner Unterredung mit Brigadegeneral Robert Th. Cartland. Atkins betritt den Klubraum, setzt sich an einen Ecktisch und bestellt eine Tasse Kaffee.
Sie gleichen sich wie ein Ei dem anderen, diese Klubs, denkt er. Ganz egal, wo man ist, hier, in Stuttgart, Wiesbaden, Laconbury, Mons oder sonstwo. Und mit denen, die hier verkehren, verhält es sich ähnlich. Sie sind kurzgeschoren, gebügelt und gestriegelt. Mehr oder weniger sind sie alle aus dem gleichen Holz geschnitzt. Ihre Unterhaltungen folgen demselben Muster und ihre Eßgewohnheiten auch. Heute kann er dem Captain nur beipflichten, der ihm bei seinem ersten Europa-Einsatz gesagt hatte, innerhalb von einem Militärstützpunkt spiele es keine Rolle, in welchem europäischen oder anderen Land ein Soldat stationiert sei. Denn theoretisch könne er sein Leben von der Geburt bis zum Tod auf dem Stützpunkt verbringen, ohne das Land, in dem er lebe, wahrzunehmen. – Doch das trifft wohl auf jeden

Stützpunkt der Erde zu, egal welche Flagge über ihm weht, denkt Atkins. Kinder von Militärangehörigen werden im Stützpunktkrankenhaus geboren, in der Schule des Stützpunktes ausgebildet, lernen im dortigen Kino oder Klub ein Mädchen kennen und werden mit ihm in der Stützpunktkapelle getraut.
Wer gegen das Gesetz verstößt, erhält an Ort und Stelle ein Gerichtsverfahren und muß seine Zeit im Stützpunktknast absitzen. Man kann in der Bank dort seine Schecks einlösen und anschließend im Stützpunkt-Supermarkt einkaufen – alles was man braucht. Es gibt Sportplätze und Bowlinghallen, Tanzvergnügen und weiß Gott was noch alles. Man kann fremdgehen oder sich umbringen. Im Todesfall wird in der Stützpunkt-Leichenhalle eine Obduktion vorgenommen. Nur zur Beerdigung wird die Leiche fortgeschafft. Denn einen Friedhof hat der Stützpunkt nicht.
Für die Tageszeit ist der Klub erstaunlich gut besucht. Überall haben sich Offiziere um kleine Tische gruppiert. An der Bar sitzen ein paar Zivilisten; Schlipse und Anzugschnitt lassen keinen Zweifel über ihre Herkunft: Besucher aus dem Pentagon und von der NSA (National Security Agency). Inmitten jüngerer, katzbuckelnder Offiziere hält ein Zwei-Sterne-General hof. Er gibt Witze zum besten, die pflichtgemäß lauthals belacht werden.
Ein Glück, daß wir außerhalb von Patrick Henry Village wohnen können, denkt Atkins. Schon Olivers wegen ist es wichtig, daß Sue ihren Kopf diesmal durchgesetzt hat.
Im bevorstehenden Weihnachtsurlaub würde er mit ihnen zum Fischen nach Florida fliegen. Leider hatte Atkins keine Gelegenheit, seinem Hobby in der Bundesrepublik nachzugehen. Er war leidenschaftlicher Tiefseefischer. Zudem bedeutete Fischen für ihn Entspannung in einer Welt der Gewalt. Seit seinem Einsatz in der Bundesrepublik wurde er ständig mit Gewalt konfrontiert. Mit Rechts- oder Linkster-

roristen – mit den sogenannten Abrüstungsgegnern und Friedensdemonstranten, die als ›Friedensvorhut‹ von Moskau eingestuft werden mußten und skrupellos die Anwendung von Gewalt gegen diese ›amerikanischen Kriegstreiber‹ propagierten. Dazu mußte auch noch mit den Radikalen unter den Grünen gerechnet werden, die bedenkenlos mit gewalttätigen Minderheiten paktierten, um gegen die NATO, die Bundeswehr, insbesondere aber gegen die ›Amis‹ vorzugehen. – Ganz zu schweigen von den in der Bundesrepublik agierenden, auf etwa 16000 Mann geschätzten Ostblockagenten, die besondere Vorsichtsmaßnahmen erforderten.
Manchmal wunderte sich Atkins, warum die US-Regierung nicht den Rücktransport der gesamten amerikanischen Truppen in Richtung Heimat anordnete und den verdammten Sauhaufen den Roten überließ.
Atkins freut sich sehr auf den Urlaub mit Oliver und Sue. Er hat viel zuwenig Zeit für seine Familie, und fischen kann er auch nur während des Heimaturlaubs. Er versteht eine Menge von Fischen und ist fasziniert von ihren jährlichen Wanderungen und Laichgewohnheiten an der Küste von Florida.
Plötzlich fällt Atkins die Fahrt mit Sue auf dem Fischkutter ein, vor dreiundzwanzig Jahren in Cornwall. Das graue, naßkalte Wetter – der Herbst. Wie bezaubernd sie damals in der viel zu großen Ölhaut des Fischers ausgesehen hatte – mit dem windzerzausten Haar und den glänzenden Augen, die provozierend mit ihm flirteten. Der Fischer hatte eine herrliche Suppe aus frisch gefangenem Fisch zubereitet, und abends, im ›Admiral Benbow‹, hatten sie sich in einer uralten, überdimensionalen Badewanne mit Löwenfüßen aufgewärmt.
»Hallo, Lionel! Du siehst aus, als hättest du das große Los gezogen«, ruft Major Geoffrey Cummings mit seinem Baß durch den Klub.

Der MP-Major ist eine wandelnde Tonne. In seinem feisten, rosigen Gesicht lauern kleine, engstehende Augen in der Farbe kalten Stahls. Susan Atkins, die ihn nicht mochte, behauptete immer boshaft, seine Augen sähen aus wie zwei Nägelköpfe in den Hinterbacken eines Schweins.
Behutsam setzt sich Cummings auf den Stuhl neben Atkins.
»Habe gehört, daß in Mutlangen mit einem heißen Wochenende gerechnet werden muß«, sagt er. »Sind Gewalttaten seitens der Pershing-Demonstranten zu erwarten?«
»Wir sind auf Agitationen linker Randalierer vorbereitet. Ich fahre morgen früh hin.«
Cummings bestellt bei der Bedienung im roten Munkijäckchen Cola und vier Berliner Pfannkuchen. »Die NSA-Boys sind angeblich hier« – er deutet mit dem Kopf zur Bar – »weil neue elektronische Abhör- und Militärfunkgeräte eingeführt werden, die im Falle einer Verteidigung mit Weltraumwaffen zum Einsatz kommen sollen.« Cummings schiebt einen Berliner in den Mund.
»Die Zukunft läßt sich nicht aufhalten.« Atkins hebt die Schultern und steht auf. »Meine Probleme bewegen sich vorwiegend auf der Erde. Mach's gut. Ich muß jetzt zu Cartland.« Atkins verläßt den Klub.
Vor dem Hauptquartier flattert das Sternenbanner am Fahnenmast. Wie üblich, unterzieht sich der Colonel einer genauen Überprüfung durch die Militärpolizei. Eine Prozedur, die ausnahmslos jeder beim Betreten des Gebäudes über sich ergehen lassen muß.
»Guten Tag, Sir«, begrüßt ihn der Captain vom Dienst an der sogenannten Schleuse – dem Checkpoint – in der Halle und läßt Atkins in das Innere des Gebäudes passieren. Colonel Atkins nimmt den Lift zum fünfzehn Meter unter der Erde liegenden, kernwaffensicheren Operationsbunker.
Bei seinem Eintritt herrscht im rund um die Uhr besetzten

›Nervenzentrum‹ des US-Hauptquartiers wie immer eine Stimmung wie in einer Kathedrale. Diverse Wanduhren zeigen die Uhrzeiten von Berlin, Brüssel, Omaha, New York, Los Angeles, Tokio, Sidney, London und Moskau. Hoch auf einem Stuhl thront der Oberstleutnant vom Dienst und überwacht seine lautlosen Informanten: Tafeln, Computerbildschirme und deren Bedienungsspezialisten. Auf der vor ihm befindlichen Zustandstafel kann er mit einem Blick den Bereitschaftszeitpunkt von Einheiten ablesen.
Auf elektronischen Anzeigetafeln leuchten die Zielabdekkungen der sowjetischen SS-20, der Pershing 2 und der landgestützten Marschflugkörper der NATO auf. Hin und wieder blinken Lichter auf der großen elektronischen Landkarte von Europa. Andere Tafeln zeigen meteorologische Daten an. Dann gibt es Batterien von Telefonen in allen Farben. An halbrunden Konsoltischen bedienen Offiziere Schalter, Knöpfe und Tasten und nebenher eine Anzahl von Fernsprechapparaten.
Die meisten der Anwesenden sind in Hemdsärmeln. Alle tragen an einem Knopf befestigte Plastikkarten – Spezialausweise. Trägern normaler Identifikationskarten ist der Zutritt zum Operationsbunker verboten.
Ab und zu telefoniert jemand leise. Ein Computerbildschirm erwacht zu plötzlichem Leben, und in einer Ecke spucken Fernschreiber periodisch kurze Nachrichten aus. Nichts geschieht in Eile. Niemand spricht mit erhobener Stimme. Die gedämpfte Beleuchtung läßt den dunkelgrünen Teppich wie einen Moosboden erscheinen, der die Geräusche verschluckt. Die sorgfältig gefilterte Luft ist rein und die Temperatur der Klimaanlage genau richtig.
Atkins durchquert die Operationszentrale, grüßt den Oberstleutnant vom Dienst mit einer Handbewegung und biegt in einen Korridor ein, der zu einer Reihe von Büros führt.

Vor der Tür mit dem Namensschild: Brigadegeneral Robert Th. Cartland verhält er den Schritt und klopft.
»Ja«, antwortet eine energische Stimme.
Atkins tritt ein.
Brigadegeneral Cartland bleibt hinter seinem Schreibtisch sitzen. Er trägt eine maßgeschneiderte Uniform mit einem Silberstern auf den Schulterklappen. Die Brust schmücken vier Reihen mit Ordensbändern. Hinter ihm, an der jadegrünen Wand, hängt eine Schwarzweißaufnahme des Präsidenten der Vereinigten Staaten von Amerika.
»Nehmen Sie Platz«, fordert er Atkins auf.
Der General hat kurzgeschorenes, graues Haar und intelligente braune Augen. Seine blasse Gesichtsfarbe verrät, daß er viel Zeit im Bunker verbringt. Er sieht aus, als habe er dringend einen Urlaub in der Sonne nötig.
»Sie haben bereits angedeutet, warum Sie um diese Unterredung nachgesucht haben, Colonel«, eröffnet der General das Gespräch. »Ihrer Meinung nach haben wir also ein faules Ei im Nest.«
»So ist es, Sir. Und um bei Ihrem Vergleich zu bleiben, sogar eines, das zum Himmel stinkt!«
»Und der Schaden?«
»Ist noch nicht abzusehen.«
»Welche Abteilung ist verwickelt?« Der General trommelt mit den Fingern auf der Schreibtischplatte.
»Nachrichtenauswertung und Koordination.« Atkins sieht Brigadegeneral Cartland vielsagend an.
»Verdammte Scheiße«, entfährt es Cartland. »Wer ist der Bastard?«
»Major Melvin Brownburg.«
»Brownburg?« Cartland schießt das Blut ins Gesicht. »Ist Ihnen klar, was Sie da sagen? Kein Irrtum möglich?«
»Nein, Sir, jeder Irrtum ist ausgeschlossen. Wir haben inzwischen erdrückende Beweise.«

Cartland steht auf und läuft gereizt hin und her. Dann bleibt er mit einem Ruck vor Atkins stehen. »Ich will alles über den Mistkerl wissen«, befiehlt er.
»Unsere Computerabfrage über ihn und die Nachforschungen bei der CIA und der NSA –«
»Sie haben doch hoffentlich über Ihren Verdacht geschwiegen?« unterbricht ihn der General.
»Selbstverständlich, Sir. Ich wollte den Fall zuerst mit Ihnen durchsprechen – obwohl aus dem Verdacht inzwischen Gewißheit wurde.«
»Ich will kein Gerede über diese Sauerei«, brummt Cartland. »Strengstes Stillschweigen – ist das klar?«
»Versteht sich von selbst, Sir.«
»Gut. Und was ist bei Ihren Nachforschungen über den Mann herausgekommen?«
»Er wurde in York geboren, in Pennsylvania. Seine Eltern stammen aus Zwickau. Sie emigrierten kurz nach dem Zweiten Weltkrieg aus der damaligen deutschen Ostzone in die Vereinigten Staaten. Sein Vater war in seiner Heimat Weber und wurde in York Vorarbeiter in einer Spinnerei.
Brownburg erhielt ein Stipendium und studierte slawische Sprachen in der State University von Pennsylvania. Die CIA hat ihn direkt von der Universität rekrutiert. Er wurde als Übersetzer und Analytiker von Ostblockmaterial eingesetzt. Aber anscheinend kam er in Langley nicht zurecht. Irgendwie fiel er dort aus dem Rahmen.«
»Was soll das heißen, er fiel aus dem Rahmen?« hakt General Cartland ein.
»Nun, er soll...« Atkins zögert, geht im Geist noch einmal seine Informationen durch. »Meinen Nachforschungen zufolge hielten ihn seine Kollegen in Langley für ideologisch indifferent«, vollendet er bestimmt.
»Gehen Sie nicht wie die Katze um den heißen Brei, Colo-

nel«, schnaubt Brigadegeneral Cartland. »Einzelheiten, wenn ich bitten darf!« Er beendet seinen unruhigen Marsch und läßt sich in seinen Schreibtischsessel fallen.

»Also, um es genau zu definieren: Es war nie möglich, Brownburg auf seine politische Einstellung hin festzunageln«, erklärt Atkins. »Im Gegensatz zu seinen Kollegen, die bereits vor ihrer CIA-Ausbildung ihre J.O.T.-Zeit absolviert hatten und überzeugte ›kalte Krieger‹ waren.«

»Sie meinen doch wohl Patrioten, Colonel!« verbessert Cartland und blickt Atkins forschend an.

»Genau das, Sir.« Atkins stimmt ihm mit einem gelassenen Kopfnicken zu. »Brownburg galt als höflich, geduldig und gründlich. Allerdings war er mit seiner bürokratischen Einstellung ein ständiger Hemmschuh für seine ehrgeizigen, patriotischen Kollegen.«

Um die Mundwinkel des Generals zuckt ein verstecktes Lächeln. Als das Telefon summt, greift er irritiert nach dem Hörer, sagt scharf in die Sprechmuschel: »Ich will jetzt unter keinen Umständen gestört werden«, und legt sofort wieder auf.

»Verheiratet, dieser Brownburg?« fragt er.

»Nein.« Atkins schüttelt den Kopf und wechselt die Beinhaltung.

»Homosexuell?«

»Nichts bekannt. Auf jeden Fall wurde Brownburg von der CIA zur NSA versetzt«, fährt Atkins in seinem Bericht fort. »Er kam vor zwei Jahren zum HQ nach Heidelberg und analysiert den Ostblock-Militärfunkverkehr. Zudem arbeitet er eng mit der BND-Zentrale für das Chiffrierwesen in Bad Godesberg zusammen.

Mißtrauisch geworden sind wir durch den Tip eines STASI-Überläufers aus der DDR. Und seit wir wissen, daß es im HQ in Heidelberg einen KGB-Maulwurf gibt, wurden die

Routineüberprüfungen in aller Stille verschärft. Dabei ist aufgefallen, daß Brownburg an dienstfreien Tagen immer wieder nach Köln oder München fuhr. Er wurde beschattet und schließlich bei einem Treffen mit einem KGB-Residenten der Sowjetbotschaft in Bonn beobachtet. Er muß dem KGB seit einiger Zeit wichtige Informationen zugespielt haben. Es ist nicht auszuschließen, daß bereits seine Eltern als Maulwürfe in die Staaten eingeschleust wurden«, schließt Atkins.

»Das Ganze ist eine bodenlose Schweinerei«, ruft Cartland aufgeregt. »Ihre Abteilung oder Langley hat ja wohl geschlafen!«

»Brownburg untersteht der NSA«, weist Atkins den Vorwurf zurück. »Sie werden verstehen, Sir, daß unseren Überprüfungsmöglichkeiten daher auch Grenzen gesetzt sind. Es ist ohnehin ein Kunststück, zwischen den Kompetenzeifersüchteleien von CIA, NSA und Militärgeheimdienst zu lavieren. Zudem ist meine Abteilung vorrangig damit beschäftigt, die Sicherung der Pershing-Basen zu garantieren.«

»Ich nehme an, daß Sie diesen Brownburg inzwischen haben festnehmen lassen?«

»Nein, noch nicht, Sir.«

»Noch nicht?« Der General blickt Atkins ungläubig an.

»Bisher noch nicht«, wiederholt Atkins. »Wir sollten ihn vielmehr im Glauben lassen, daß er nicht im geringsten verdächtig ist. Das heißt, wenn Sie damit einverstanden sind, Sir. Wir könnten ihn jetzt dazu benutzen, den Sowjets falsche Informationen zuzuspielen, um sie zu täuschen. Die ständige Überwachung von Brownburg versteht sich von selbst.«

»Hmm.« Der General überlegt angestrengt. Dabei läßt er seine Fingerknöchel nacheinander in einer kontrollierten Salve knacken.

Atkins schließt die Augen. Er kann es nicht ertragen, wenn Leute unnötige Geräusche mit ihrem Körper produzieren.
»Gut. Einverstanden«, sagt der General schließlich. »Leiten Sie alles Notwendige in die Wege und halten Sie mich auf dem laufenden.«
Colonel Atkins verabschiedet sich.

12

Heidelberg
Freitag, 4. Oktober, 18 Uhr

Die Scheinwerfer des Chevrolets bohren sich in den zähen, schmutzigen Nebel. In der Speyerer Straße kriecht die Verkehrsschlange mühsam von Ampel zu Ampel.
Verärgert sitzt Colonel Atkins hinter dem Steuer. Er will schnellstens nach Hause, die wenigen Stunden vor seiner Fahrt nach Mutlangen mit Sue und dem Jungen verbringen. Zum Teufel mit Agitatoren und Demonstranten, denkt er. Zum Teufel mit Mutlangen – mit Brownburg und allem anderen. Er hat es wieder einmal satt. Alles! Die Überwachung, den Verrat und das Mißtrauen gegen jedermann. Die ständigen Sicherheitsprobleme.
Am besten sollte man Schluß machen, den Dienst quittieren, mit Sue und Oliver ein normales Leben führen – ohne Geheimdienst und Geheimhaltung. Er hätte Rechtsanwalt in seiner Heimatstadt werden sollen, statt sich von der CIA – der Company – anwerben zu lassen. Er hat den Gedanken immer wieder erwogen, ohne die Absicht zu haben, ihn in die Tat umzusetzen. Er ist ihm zum Ritual geworden. Im Grunde genügt ihm die Vorstellung: Du kannst, wenn du willst.
Damals, als er sich vom J.O.T.-Quarters Eye in Washington anwerben ließ, hatten ihn Ideale geleitet. Er wollte sei-

nen Beitrag leisten zur Erhaltung des Friedens und der Freiheit gegen kommunistische Unterwanderung. Politische Skandale wie Watergate und die Routinearbeit in Europa hatten seine Ideale im Lauf der Zeit gedämpft. Er war pragmatischer, realistischer geworden. Wenn er auch immer noch von der Notwendigkeit überzeugt war, die freiheitlichen Grundwerte der westlichen Welt zu verteidigen.
Seine Ehe wäre beinah an seinem Beruf gescheitert. Bewußt verdrängt Atkins die aufkommende Erinnerung an jene zermürbenden Jahre. So weit würde er es nie wieder kommen lassen. Als er den Schloßberg hinauffährt, fällt ihm siedendheiß ein, daß nun aus dem geplanten Wochenende in London nichts werden würde. Wie soll er das dem Jungen und Sue beibringen? Er stellt den Wagen in die Garage und geht ins Haus.
»Ich bin in der Küche, Darling«, ruft Susan, die ihn kommen gehört hat.
Einen Moment bleibt Atkins im Türrahmen stehen und beobachtet Susan schmunzelnd beim Kochen. Dann geht er zum Herd, dreht sie an den Schultern herum und küßt sie.
»Colonel Atkins«, stammelt sie atemlos und befreit sich. »Du bist doch nicht etwa auf was Bestimmtes aus, oder?« Sie blitzt ihn unter halbgeschlossenen Lidern an. »Aber vergiß nicht, daß wir morgen sehr früh aufstehen müssen, damit wir den Flug nach London nicht verpassen.«
»Wo ist Oliver?« fragt Atkins, um sie abzulenken.
»Vor dem Fernseher. Er sieht sich eine alte Klamotte mit Laurel und Hardy an.« Sie kostet die Soße. »Mmm.« Genießerisch schnalzt sie mit der Zunge. »Genau richtig.«
»Was gibt's denn? Ich falle fast um vor Hunger.«
»Huhn in Rotwein.«
»Prima. Mir läuft das Wasser im Mund zusammen.«
»Dann los, wir können essen. Es ist schon gedeckt.«

Sie sitzen in dem kleinen Eßzimmer an einem langen Nußbaumtisch. Ihre Freunde mokieren sich immer, daß eine dreiköpfige Familie einen Riesentisch braucht, an dem wenigstens acht Personen Platz haben. Aber dieser Tisch ist das letzte Stück aus Susan Atkins' ehemaligem Antiquitätenladen in Heaverbridge. Sie haben sich nie davon trennen können. Und wohin Atkins auch immer versetzt wurde – früher oder später kam auch der Tisch dort an.

»Nachher kommen übrigens die Wielands von nebenan auf einen Sprung. Du weißt doch, der Anglistik-Professor mit seiner Frau. In den drei Tagen, die wir weg sind, sieht Annemarie nach dem Haus. Helmut möchte zu gern deine Waffensammlung sehen. Ich habe zugesagt. Hoffentlich hast du nichts dagegen?«

»Dad, in London gehen wir doch ins Planetarium und ins Wachsfigurenkabinett von Madame Tussaud?« Oliver rutscht aufgeregt auf seinem Stuhl herum.

Atkins räuspert sich und legt das Besteck aus der Hand.

»Schmeckt es dir nicht?« fragt Susan besorgt.

»Doch, ausgezeichnet.«

»Warum ißt du dann nicht? Du warst doch so hungrig.«

»Es tut mir leid.«

Susan und Oliver sehen ihn verständnislos an.

»Ich muß euch enttäuschen«, sagt er bedauernd, »aber wir müssen unseren London-Ausflug verschieben. Es ist etwas dazwischengekommen, ich muß morgen früh für ein paar Tage dienstlich weg.«

»Nein, Daddy, das kannst du doch nicht machen – wo wir uns so gefreut haben!«

»Was ist los, Lionel?« fragt Susan Atkins angespannt.

»Kein Grund zur Aufregung, Sue. Eine Routinesache. Ich muß zu einigen der Pershing-Basen. Es werden wieder einmal Demonstrationen erwartet.«

»Aufgeschoben ist nicht aufgehoben«, überspielt Susan ihre

Enttäuschung. »Iß weiter, Oliver. Es hat auch sein Gutes. Ich kann morgen zum Friseur gehen, und du siehst dir in der Zeit die ›Unendliche Geschichte‹ an, Oliver. Dein Vater hat dir den neuen Videofilm mitgebracht.«

Um halb neun erscheinen die Wielands mit einer Flasche Weißwein. Der Professor ist ein viriler, ehrgeiziger Mann mittlerer Größe, mit melancholischen Augen. Er trägt sein blondes, trotz seiner knapp fünfzig Jahre schon recht schütteres Haar in einer langen unordentlichen Intellektuellenmähne.

Er belehrt Atkins lautstark über verschiedenste Weinsorten, über Probleme an der Heidelberger Universität, den Ursprung englischer Sprichwörter, Schreinerarbeiten im ›Eigenbau‹ und Gartenpflege. Dabei fuchtelt er mit den Händen und lacht immer wieder schallend auf.

Annemarie, seine Frau, ist eine stattliche Erscheinung, sie hat ihrem Professor in Körpergröße und Fülle einiges voraus. Während sie emsig strickt, erzählt sie Susan in allen Einzelheiten von den schrecklichsten Unfällen. Sie hat einen makabren Humor. Ihre leuchtend blauen Augen unter dem pechschwarzen Haar blitzen vergnügt, während sie Susan eine Knochenfraktur schildert, die sie einem ausschlagenden Pferd zu verdanken hatte. Sie ist eine passionierte Reiterin und Pferden gegenüber nicht nachtragend.

Atkins, der den Wortschwall eine Weile über sich hat ergehen lassen, nimmt geschickt eine Atempause des Professors wahr. »Susan hat mir erzählt, daß Sie gern meine Waffensammlung sehen würden«, sagt er liebenswürdig. »Wollen wir sie anschauen?«

»Ach du liebe Güte – Schießeisen!« mischt sich Annemarie Wieland ein. »Kann ich nicht ausstehen. Ich werde nie begreifen, warum Männer so scharf auf Waffen sind.«

Als sie dann von ihrem Urgroßvater erzählt, der sich auf der

Jagd versehentlich den ›halben Kopf‹ wegschoß, strahlt sie über das ganze Gesicht, beobachtet dabei aber heimlich die Reaktion von Susan Atkins auf ihre Schauergeschichte. Man mußte Annemarie Wieland genau kennen, um zu wissen, daß es ihr diebischen Spaß machte, andere durch ihre maßlosen Übertreibungen zu schockieren.

»Daddys Waffen sind einmalig«, meldet sich Oliver aus der Tiefe eines Sessels.

»Es wird Zeit für dich. Marsch, ins Bett«, fordert Susan Atkins ihren Sprößling auf. »Und vergiß nicht, dir die Zähne zu putzen!«

Atkins führt den Professor in sein dunkel getäfeltes Arbeitszimmer. Es macht ihm Freude, alte Waffen zu sammeln und zu pflegen. Seine Kollektion füllt eine ganze Wand aus. Der Professor fährt mit dem Zeigefinger an den Gewehrkolben und Pistolengriffen entlang.

Atkins nimmt eine Büchse von der Wand.

»Würde mir nicht im Traum einfallen, daraus moderne Munition zu feuern«, sagt der Professor fachmännisch. »Ist Ihnen doch klar, daß das Ding einen gezogenen Lauf hat und in Stücke gehen würde. Ich bin Hauptmann der Reserve«, flicht er ein und sieht Atkins bedeutungsvoll an. Dann nimmt er die Waffe in die Hand. »Diese Einlege- und Ziselierarbeiten! Werfen Sie mal einen Blick darauf, Colonel.«

»Ja, ich weiß. Die Waffe ist besonders schön und sehr kostbar. Irgend jemand hat mindestens zwei Jahre daran gearbeitet. Damals hatte Zeit noch keine Bedeutung, Professor.«

»Stimmt. Industriell gesehen war es noch dunkelstes Mittelalter.«

Als die Männer wieder ins Wohnzimmer kommen, packt Annemarie Wieland gerade ihr Strickzeug zusammen. Sie hat einen halben Pulloverärmel geschafft und gähnt verstohlen.

»Ich glaube, es wird Zeit, nach Hause zu gehen«, meint der Professor bedauernd. Er kannte die Gewohnheiten seiner Frau: Strickzeug weg, bedeutete aufbrechen. »Meine Frau steht sehr früh auf«, sagt er entschuldigend.
Lionel und Susan Atkins begleiten ihre Gäste bis zum Gartentor.
»Wie abgemacht, Susan, ich schaue morgen abend mal nach Ihnen, damit Sie Lionel nicht zu sehr vermissen«, verspricht Annemarie Wieland beim Abschied.
Sorgfältig verriegelt Atkins die Haustür von innen. »Geh schon nach oben, Sue«, sagt er. »Ich muß noch mit dem Hauptquartier telefonieren.«
Susan Atkins sieht noch einmal nach Oliver, bevor sie ins Schlafzimmer geht.
»Das war aber ein langes Gespräch«, empfängt sie ihren Mann, als er endlich nach oben kommt. »Ich warte schon eine Ewigkeit auf dich.«
»Dann warte noch ein bißchen länger«, antwortet er, zieht sich aus und geht ins Badezimmer.
Als er wiederkommt, schlägt sie die Bettdecke zurück. Er gleitet in ihre geöffneten Arme. Sie ist warm und weich. Aber ihre Brustwarzen sind so hart und süß und runzelig wie getrocknete Pflaumen. Sie lieben sich langsam und lange in einem zärtlichen Rhythmus.
Der Mond durchbricht den Nebel und schimmert zum Schlafzimmerfenster herein.
Später liegen sie still nebeneinander und sehen sich an. Ihre Augen spiegeln Zärtlichkeit, Liebe und die Erfüllung eines einfachen, aber fast vollkommenen Liebesakts. Dicht an ihn gedrängt, legt Susan ihren Kopf auf seine Brust. »Ich höre dein Herz schlagen«, sagt sie. »Manchmal, wenn ich dein Herz oder Olivers Herz schlagen höre, habe ich Angst, denn der Gedanke, daß sie aufhören könnten zu schlagen, beunruhigt mich.«

Lionel Atkins schweigt und streichelt ihr Haar. Trotz Susans Gegenwart, trotz ihrer Nähe, fühlt er eine seltsame Einsamkeit.
Sie küßt ihn auf die Schulter. »Weißt du was, ich hole uns etwas zu trinken.«
Sie stehen beide auf, gehen in Olivers Zimmer und betrachten den schlafenden Jungen. Seine dunkelbraunen Locken sind über das Kopfkissen ausgebreitet, und eine Hand klammert sich an der Bettdecke fest, als wolle er sich davor bewahren, in einen dunklen, beängstigenden Traum zu fallen.

13

Heidelberg
Sonnabend, 5. Oktober, 8 Uhr 45

Der Mann im Regenmantel trägt ein dünnes Oberlippenbärtchen und straff zurückgekämmtes Haar. Seit den frühen Morgenstunden wartet er geduldig in seinem Wagen, den er unauffällig zwischen einer Reihe von abgestellten Fahrzeugen geparkt hat, und beobachtet aus einiger Entfernung den Wohnsitz von Colonel Atkins. Er sitzt dort und registriert leidenschaftslos, daß der US-Colonel um acht Uhr von einem Dienstwagen abgeholt wird.

Die Information ist also korrekt, denkt er und schiebt einen Pfefferminzbonbon in den Mund. Seine topasfarbenen Augen blicken unentwegt zu der kleinen Jugendstilvilla hinüber. Er liegt auf der Lauer – wie ein Raubtier, das den richtigen Moment abwartet, bevor es sich auf seine Beute stürzt.

Als Hagen – dieser Brandon – ihn kurzfristig über die Dienstreise von Atkins informiert hatte, mußte er sich schnellstens entscheiden und seine Vorbereitungen treffen. Die Bonner GRU-Sektion hatte gut funktioniert und das Paket für ihn in einem Schließfach des Stuttgarter Hauptbahnhofs hinterlegt. Der Schlüssel dazu lag in dem vereinbarten Dubok. Er hat alles, was er braucht, und muß nur noch den richtigen Moment abwarten. Heute! Wenn alles klappt.

Rudkow hatte die Villa tagelang beobachtet, um herauszufinden, welche Maßnahmen für die Sicherheit von Atkins und seiner Familie im Haus und der nächsten Umgebung getroffen waren. Was er gesehen hatte, war geradezu lächerlich und bedeutete für ihn keine Schwierigkeiten. Hin und wieder hielt dort tagsüber ein amerikanisches Militärfahrzeug, blieb eine Weile stehen und fuhr dann wieder weg. Abends ab 22 Uhr übernahm die deutsche Polizei die Kontrolle. Auf ihren Routinefahrten passierten die Streifenwagen die Villa, hielten kurz und leuchteten sie mit den Scheinwerfern an. Ein geradezu sträflicher Leichtsinn, diese laschen Sicherheitsvorkehrungen, denkt Rudkow. So etwas wäre bei uns ausgeschlossen! Er wirft einen Blick auf seine Armbanduhr. Eine halbe Stunde muß ich wohl noch warten, überlegt er. Hoffentlich läßt sich die Frau ohne Gewaltanwendung überzeugen. Würde mein Vorhaben unnötig komplizieren.
Völlig unerwartet öffnet sich die Haustür der Villa. Susan Atkins und Oliver kommen heraus. Sie ist im Mantel und hat eine Umhängetasche über der Schulter.
»Verdammt, hat mir gerade noch gefehlt, daß die beiden jetzt weggehen«, flucht er vor sich hin. Dann sieht Rudkow zu seiner Erleichterung, wie sich die Frau zu dem Jungen herunterbeugt und ihn küßt. Er scheint nicht mitzukommen, folgert der GRU-Agent. Besser kann es gar nicht laufen!
Der Junge öffnet das Garagentor für seine Mutter. Sie spricht noch ein paar Worte mit ihm durch das geöffnete Seitenfenster, bevor sie mit ihrem VW-Golf – an Rudkow vorbei – den Merianweg hinunterfährt. Oliver verschließt die Garage und geht ins Haus zurück.
Rudkow wartet eine knappe Viertelstunde, bevor er seinen Wagen startet. Er fährt die nähere Umgebung noch einmal ab, biegt schließlich am oberen Ende wieder in den Merian-

weg ein, hält weiter unten vor der Jugendstilvilla und stellt den Motor ab.
Er zieht den Regenmantel aus, unter dem eine amerikanische Offiziersuniform zum Vorschein kommt, wirft ihn hinter seinen Sitz und steigt aus. Er geht zur Haustür und klingelt. Nichts rührt sich. Unruhig schaut er sich um und klingelt noch einmal. Dann, endlich, wie es ihm scheint, hört er Schritte.
Die Tür öffnet sich, der Junge steht vor ihm. Er trägt Jeans, ein hellblaues Hemd und einen leichten, dunkelblauen Pullover mit V-Ausschnitt. Seine großen, tiefblauen Augen sehen den fremden Offizier fragend an.
»Hallo, Oliver«, begrüßt ihn der US-Offizier. »Ich bin Leutnant Larkin. Kann ich deine Mutter sprechen?«
»Mum ist nicht da. Sie ist beim Friseur«, sagt Oliver und schüttelt den Kopf.
»Das ist aber dumm.« Rudkow gibt sich unschlüssig. »Ich soll dich nämlich zu einer Tennisstunde abholen.«
»Aber davon weiß ich ja gar nichts«, sagt der Junge verwundert.
»Kannst du auch nicht. Das hat dein Vater noch arrangiert, bevor er vom HQ weggefahren ist. Darf ich reinkommen?«
Oliver überlegt einen Moment. Er ist unsicher. Denn seine Eltern hatten ihm immer wieder eingeschärft, sich unter keinen Umständen mit Unbekannten einzulassen. Aber nachdem sein Vater den Offizier geschickt hatte, war es bestimmt in Ordnung. Der Junge läßt Rudkow eintreten und führt ihn ins Wohnzimmer.
»Schade, daß deine Mutter nicht da ist«, sagt er. »Weißt du was, wir lassen ihr eine Nachricht da, damit sie weiß, wo du bist, und du brauchst auf deine Tennisstunde nicht zu verzichten. Hast du einen Bogen Papier für mich?«
Oliver holt aus dem Schreibsekretär seiner Mutter Briefpapier und Stift.

»Ich schreibe die Nachricht für deine Mutter, inzwischen kannst du ja schon deine Tennissachen holen«, schlägt Rudkow dem Jungen vor. »Aber beeil' dich, wir wollen den Trainer ja nicht warten lassen.«
Während der Junge nach oben geht, setzt sich Rudkow an den Tisch und wirft in Druckbuchstaben rasch auf das Papier:

WIR HABEN OLIVER ENTFÜHRT:
SCHWEIGEN SIE – WENN SIE IHREN SOHN LEBENDIG WIEDERSEHEN WOLLEN.
ÜBERZEUGEN SIE IHREN MANN. IHR SOHN STIRBT QUALVOLL, WENN ER SEINE DIENSTSTELLE ODER DIE POLIZEI EINSCHALTET. KEIN WORT AM TELEFON:
SCHWEIGEN SIE – BEIDE – GEGENÜBER JEDERMANN! SIE HABEN ES IN DER HAND – OB IHR SOHN ÜBERLEBT, WARTEN SIE UNSERE INSTRUKTIONEN AB.

Rudkow hat sich beeilt. Er steckt den Stift ein, faltet den Briefbogen zusammen und geht dem Jungen entgegen, den er die Treppe herunterkommen hört. Oliver trägt seine Tennistasche und hat eine Windjacke übergezogen.
»Hier, die Nachricht für deine Mutter«, sagt Rudkow und hält den gefalteten Bogen hoch. »Ich lehne den Zettel an den Garderobenspiegel. Auf dem Tischchen sieht sie ihn sofort.«
»Hoffentlich übt der Trainer heute Vorhandschläge mit mir«, sagt Oliver erwartungsvoll, als Rudkow die Haustür hinter ihnen zuschlägt.
»Mußt du ihn eben darum bitten.« Rudkow verstaut die Tennistasche im Kofferraum. Er setzt sich neben Oliver, der schon eingestiegen ist, und läßt den Motor an.
»Ich nehme einen Schleichweg«, erklärt er beiläufig, als er bergauf, Richtung Gaisberg, in die Klingenteichstraße ein-

biegt. »Bei dem starken Verkehr heute am Samstag kommen wir zu spät, wenn wir die normale Strecke fahren.«
»Den Weg muß ich meinem Vater zeigen, dann können wir das nächste Mal auch abkürzen. Wir fahren nämlich immer unten rum und dann in die Speyerer Straße.«
War nicht einfach für mich, die Strecke zu finden, denkt Rudkow. »Der Weg ist zum Teil recht abenteuerlich, wir müssen sogar ein Stück durch den Wald«, bereitet er den Jungen vor und gibt ihm einen Pfefferminzbonbon. Er nimmt auch einen.
»Ist das nicht komisch, Ihr Englisch klingt ähnlich wie das von Mum. Kommen Sie auch aus England?« fragt der Junge arglos.
»Nein. Aber ich war dort einige Jahre stationiert. Genau wie dein Vater. Und da gewöhnt man sich eben so einen komischen Akzent an.«
Rudkow biegt in einen Waldweg ein. Der Wagen holpert über Wurzeln und durch Pfützen. Es regnet wieder. Weit und breit ist kein Mensch zu sehen. Wieder biegt Rudkow ab, in einen noch schmaleren, noch dunkleren Waldweg.
Oliver wird unruhig. Ängstlich fragt er: »Sind Sie sicher, daß wir richtig fahren?«
Rudkow hält an. »Ich weiß nicht. Scheint so, als hätte ich mich verfahren. Ich sehe mal auf der Karte nach.« Er wendet sich ab, greift nach einem Fläschchen und einem Gazebausch in der Seitentasche seiner Tür.
Und dann geht alles blitzschnell.
Den Korken aus der Flasche ziehen, einen Schuß der unangenehm süßlich riechenden Flüssigkeit auf den Gazebausch schütten, das Fläschchen verkorken und in die Seitentasche gleiten lassen, ist für den geübten Agenten eine Sache von Sekunden; und um seine Vorbereitungen zu überspielen, fragt er laut: »Wo ist denn bloß diese dämliche Karte? Oliver, schau doch mal in deiner Seitentasche nach.«

Als sich der Junge zur Tür dreht, reißt ihn Rudkow an sich und drückt ihm den Gazebausch auf Mund und Nase.
Ein halb erstickter Aufschrei – ein kurzes Zappeln. Eine farbig rotierende Spirale zieht Oliver in dunkle Bewußtlosigkeit.
Rudkow lehnt den Jungen in den Sitz zurück und entnimmt dem Handschuhfach ein Etui mit einer gefüllten Injektionsspritze, Alkoholtupfern, Pflaster und einem Abbindeschlauch. Dann zieht er dem betäubten Jungen die Windjacke aus, schiebt Pullover und Hemdärmel über den mit Goldflaum bedeckten Kinderarm weit über den Ellbogen hinauf. Er bindet den Arm mit dem Schlauch oberhalb des Ellbogens ab, bis die Vene in der Armbeuge unter der zarten Haut sichtbar wird. Mit einem Alkoholtupfer reibt er sie ab, injiziert den Inhalt der Spritze in die Vene, löst den Schlauch und klebt ein Pflästerchen über die Einstichstelle. Dann schiebt er Hemd- und Pulloverärmel wieder herunter und zieht dem Jungen die Windjacke an. Er setzt ihn bequem in seinen Sitz und schnallt ihn schließlich mit dem Sicherheitsgurt fest.
Nun reißt sich Rudkow das Oberlippenbärtchen ab und verläßt den Wagen. Sichernd lauscht er nach allen Seiten. Erst als er sich überzeugt hat, daß sich niemand weit und breit aufhält, öffnet er den Kofferraumdeckel, schlüpft rasch aus der US-Uniform und zieht eine dunkelbraune Hose und einen hellbraunen Pullover an, darüber eine halblange Lederjacke. Der Dauerregen irritiert ihn dabei nicht im geringsten. Die Uniform stopft er in die Tennistasche des Jungen.
Er braucht nur ein paar Minuten, um die falschen Nummernschilder abzuschrauben und durch die zum Wagen gehörenden zu ersetzen. In einem Geheimfach zwischen Rücksitz und Kofferraum versteckt er Nummernschilder und Tennistasche und verschließt es sachkundig mit der

vorbereiteten Zwischenwand. Dann klappt er den Kofferraumdeckel zu.
Bevor er in den Wagen steigt, sieht er sich noch einmal gründlich um. Vor dem Rückspiegel verändert er seine Frisur mit ein paar Handgriffen.
Er fährt auf dem schmalen Waldweg weiter, bis dieser nach vielen Biegungen in den Johannes-Hopps-Weg einmündet. Von dort fährt Rudkow bis zur Rohrbacherstraße, überquert den Neckar und folgt den Schildern zur Autobahnauffahrt. Als Rudkow die Richtung zum Süden einschlägt, kommt Oliver zu sich. Er ist schläfrig, und seine stumpfen Augen blicken teilnahmslos.

14

Heidelberg
Sonnabend, 5. Oktober, 12 Uhr 30

Nach dem Friseur erledigt Susan Atkins noch ein paar Einkäufe. Alles dauert länger, als sie erwartet hat. Es ist spät geworden. Der Junge mußte Hunger haben. Beim Einbiegen in die Garageneinfahrt hupt sie zweimal und wartet.
Er ist so in den Videofilm vertieft, daß er mich nicht gehört hat, denkt sie und steigt aus. Sie nimmt ihre Einkaufstüten vom Rücksitz, sucht in ihrer Handtasche nach dem Schlüssel und geht zur Haustür.
Es ist still im Haus.
»Oliver«, ruft sie und bringt ihre Einkäufe in die Küche. Danach geht sie zur Garderobe und zieht den Mantel aus.
»Oliver«, ruft sie noch einmal und greift ganz in Gedanken nach dem gefalteten Briefbogen vor dem Spiegel auf dem Garderobentisch. Wo mochte der Junge nur stecken? Sie geht nach oben, in das kleine Fernsehzimmer, aber das Videogerät ist ausgeschaltet.
»Oliver, ich bin wieder da«, ruft sie laut und tritt in sein Zimmer. Dieses Durcheinander, schießt es ihr durch den Kopf, er könnte ruhig etwas ordentlicher sein. Nachher werde ich aufräumen und sein Bett machen. Sie sieht im Bad nach und sucht Oliver anschließend in ihrem und Lionels Schlafzimmer. Nichts.

»Oliver, ich weiß, daß du da bist. Hör endlich auf mit dem dummen Versteckspiel!« Ärgerlich öffnet sie die Tür zum Gästezimmer. Auch hier ist er nicht.

»Erschreck mich doch nicht so. Das ist kein Spaß mehr!« Sie läuft wieder nach unten.

»Oliver, Oliver.« Ihre Stimme klingt ängstlich. Sie sucht nach ihm im Eßzimmer und im Wohnzimmer, danach in Lionels Arbeitszimmer. Der Junge ist nirgends. Sie überlegt einen Augenblick und denkt dann hoffnungsvoll: Im Garten – aber bei dem Wetter? Vom Wohnzimmerfenster aus schaut sie in den verlassenen, regennassen Garten, in das bedrückende Grau.

Nervös steht sie da, unschlüssig, hält immer noch das Blatt Papier vom Garderobentisch in der Hand, ohne sich dessen bewußt zu sein. Sie spürt ihr Herz in den Schläfen pochen. Der Junge ist nicht im Haus. Wahrscheinlich ist er weggegangen. Aber wohin? grübelt sie. Und dann hätte er bestimmt eine Nachricht hinterlassen. In dem Moment – erst jetzt – wird ihr bewußt, daß sie die ganze Zeit den Papierbogen mit sich herumgetragen hat, der auf der Garderobe lag. Das war die Nachricht. Natürlich!

Hastig entfaltet sie den Bogen und liest, ohne daß die Botschaft ihren Verstand erreicht – vielleicht weil sich alles in ihr gegen die Ungeheuerlichkeit dieser Mitteilung sträubt. Als sie langsam begreift, daß der Inhalt der großen Druckbuchstaben grausame Realität ist, faßt sie sich an den Hals. Sie glaubt, ersticken zu müssen. Eine unsichtbare Schlinge zieht sich um ihre Kehle zusammen. Die Buchstaben vor ihren Augen tanzen und verschwimmen. Der Bogen entgleitet ihren Händen. Sie will schreien, bringt aber keinen Ton heraus. Ihr wird schwarz vor den Augen, sie taumelt, sinkt auf die Couch.

Verkrampft sitzt sie da, fühlt Eiseskälte in sich hochkriechen, sie weigert sich, an die Schreckensbotschaft zu glauben. Mit zitternden Knien erhebt sie sich wieder, klaubt den Papierbogen vom Boden auf und liest die furchtbare Wahrheit wieder und wieder: ENTFÜHRT – SCHWEIGEN SIE – IHR SOHN STIRBT QUALVOLL

Mein Gott, Oliver! Was für Bestien! ... Wir haben ihren Sohn entführt. »Oliver«, flüstert sie.

Was kann ich bloß tun? Ihre Gedanken überschlagen sich. Ich kann doch nicht untätig herumstehen. Mein Kind ist in den Händen von Verbrechern. Ich muß das HQ anrufen – Lionel benachrichtigen lassen!

SCHWEIGEN SIE – DIE EINZIGE ÜBERLEBENSCHANCE – Deutlich sieht sie die Buchstaben vor ihren Augen. Nein, ich darf nicht. Oliver darf nicht sterben!

Warum ist Lionel nicht da? Ausgerechnet, wo ich ihn so dringend brauche, muß er weg sein. Sie irrt ratlos durch das einsame Haus, geht von einem Raum zum anderen. Es konnte nicht wahr sein. Alles war nur ein böser Traum.

Sie fährt mit der Hand über Olivers Modellflugzeuge, nimmt seinen Schlafanzug und preßt ihn an ihr Gesicht. Weinend wirft sie sich auf sein Bett, vergräbt ihren Kopf in seinem Kissen.

Wie konnte Oliver nur Fremden die Tür öffnen?! Sie versteht es nicht. Wie oft hatten Lionel und sie dem Jungen eingehämmert, sich unter keinen Umständen auf ein Gespräch mit Unbekannten einzulassen, geschweige denn, sie ins Haus zu führen. Wie konnte das nur geschehen? Ihre Gedanken rasen im Kreis.

Wäre sie doch bloß zu Hause geblieben! Sie verflucht sich und den Friseur. Verzweifelt wühlt sie in ihrem Haar, reißt schreiend daran. Sie verflucht Lionels Arbeit und das Militär. Hätte sie doch bloß nie auf einer Wohnung außerhalb von Patrick Henry Village bestanden. Alles ist allein ihre Schuld. Weinend quält sie sich mit Selbstvorwürfen, bis sie vor Erschöpfung einschläft.

Nach einiger Zeit wacht sie wieder auf. Sie fühlt sich zerschlagen und wie betäubt. Hatte sie einen Unfall gehabt und stand noch unter Narkose? Mit den Händen tastet sie ihren Körper ab, sucht, ob all ihre Glieder vorhanden sind. Sie dreht sich um, setzt sich mühsam auf. Der Druck in ihrem Kopf ist unerträglich, sie nimmt nur verschwommene Umrisse wahr. Eine ganze Weile sitzt sie da, bevor Übelkeit und Schwindelgefühl langsam weichen, bis sie merkt, daß sie in Olivers Bett ist. Und damit kommt die Erinnerung an die entsetzliche Wahrheit mit aller Gewalt zurück.
Schwerfällig steht sie auf und schleppt sich ins Wohnzimmer hinunter. Sie hebt den Telefonhörer ab und wählt. Als sich die Vermittlung im HQ meldet, legt sie erschrocken wieder auf und starrt vor sich hin.
Ich muß meinen Sohn retten, denkt sie. Lionel darf nichts unternehmen. Ihre Augen bleiben auf dem Briefbogen haften, den sie auf den Tisch gelegt hat. Ihr wird übel. Sie geht zu dem kleinen Wandschrank mit den Getränken, greift mit zittrigen Händen nach der Ginflasche und einem Glas. Sie gießt sich etwas von der klaren Flüssigkeit ein und leert das Glas langsam.
Seit ihrer Schwangerschaft mit Oliver hat sie keinen Tropfen Alkohol mehr angerührt.
Sie holt tief Luft und schenkt sich nach. Diesmal ist das Glas halbvoll. Sie trinkt es in hastigen Zügen aus. Wir werden ihn wiederbekommen, sucht sie sich zu beruhigen. Wir müssen eben schweigen und die Instruktionen abwarten. Niemand darf etwas erfahren. Was wollen die nur von uns? Geld? Dann werden wir Oliver eben freikaufen. Wir werden schon einen Weg finden.
Das Telefon schrillt. Sie fährt zusammen, ist vor Schreck fast gelähmt, wagt nicht, den Hörer abzuheben. Es klingelt wieder. Die Entführer, die Instruktionen – fürchtet und

hofft sie zugleich. Sie geht zum Telefon und nimmt den Hörer ab.
»Hallo«, meldet sie sich zögernd.
»Hallo, Darling.« Es ist Lionel. »Ich wollte nur wissen, was ihr beiden so treibt?«
»Lionel, du bist's! Gott sei Dank, daß du anrufst.« Das Sprechen bereitet ihr Schwierigkeiten, sie ringt nach Luft.
»Ist was? Du klingst so merkwürdig.«
»Nein, nein«, antwortet sie überstürzt. »Alles in Ordnung.«
KEIN WORT AM TELEFON!
Die eigene Stimme klingt ihr fremd in den Ohren. »Hoffentlich kommst du bald zurück!«
»Ich bin doch nicht einmal einen Tag fort«, meint Atkins lachend. »Wirst mich ja bald genug wiederhaben. Gib Oliver einen Kuß von mir. Ich muß jetzt Schluß machen, habe hier alle Hände voll zu tun. Bis bald, Darling.«
Es klickt. Die Leitung ist tot. Susan Atkins starrt fassungslos auf den Hörer. Endlich legt sie resigniert auf, geht zum Tisch, greift nach der Flasche und läßt sich in einen Sessel fallen.

Es dämmert. Irgend jemand drückt beharrlich auf die Türklingel. Susan Atkins rafft sich auf, schwankt den Flur entlang zur Haustür und öffnet sie einen Spalt breit.
»Ich bin es, wie versprochen. Warum machen Sie denn nicht auf, Susan?« fragt Annemarie Wieland verblüfft.
»...will niemand sehen«, sagt Susan Atkins mit schwerer Zunge.
»Aber Susan, was ist denn los mit Ihnen? Sie haben ja getrunken!« sagt die Frau des Professors tadelnd.
»Nichts los mit mir. Geht Sie nichts an. Lassen Sie mich in Ruh.«
Tödlich beleidigt dreht sich Annemarie Wieland auf dem

Absatz um. Susan Atkins hat ihr die Tür vor der Nase zugeschlagen. »So ein unglaubliches Benehmen«, empört sie sich laut. »Hätte ich nie für möglich gehalten.« Sie knallt das Gartentürchen hinter sich zu.
Verständnislos sieht Susan Atkins die geschlossene Haustür an. Plötzlich glaubt sie Olivers Stimme zu hören, sie scheint aus dem Wohnzimmer zu kommen. Er ruft nach ihr. »Ja, ich komme ja schon, Oliver«, antwortet sie aufgeregt und stolpert in Richtung der Stimme. Doch das Wohnzimmer ist leer. Er ist nicht da.
Sie legt sich auf die Couch und wartet, weiß nicht worauf. Sie wartet, trinkt und döst immer wieder ein.
Irgendwann – es ist dunkel – wird sie durch das Telefon aus ihrer Lethargie gerissen. Sie schleppt sich hinüber zum Telefontischchen, tastet nach dem Hörer und horcht hinein.
»Hallo«, sagt sie schließlich fast unhörbar und wartet angsterfüllt.
»Mrs. Atkins?« fragt eine Männerstimme.
»Ja.«
»Hören Sie genau zu. Ihrem Sohn geht es den Umständen entsprechend gut.«
»Wo ist Oliver«, unterbricht sie erregt. »Geben Sie mir meinen Sohn zurück«, fleht sie und bricht in Tränen aus.
»Halten Sie sich an unsere Anweisungen, dann passiert ihm nichts«, antwortet die Stimme mitleidlos.
»Was wollen Sie von uns?« schreit Susan Atkins verzweifelt.
»Ihr Schweigen, Mrs. Atkins, wenn Ihnen Olivers Leben lieb ist. Sie und Ihr Mann müssen unter allen Umständen schweigen. Wir meinen es ernst. Wenn Sie jemand informieren oder auch nur das geringste unternehmen, wird Ihr Sohn sterben. Es liegt an Ihnen, Ihren Mann zu überzeugen. Er muß unsere Forderungen erfüllen.«
»Welche Forderungen?«

»Halten Sie den Mund, hören Sie zu. Er muß unsere Forderungen erfüllen. Haben Sie verstanden? Sie werden bald Näheres erfahren. Sobald Ihr Mann zurück ist, erhalten Sie weitere Instruktionen.«
Bevor Susan Atkins etwas erwidern kann, hat der Mann aufgelegt.

15

München
Sonnabend, 5. Oktober, 23 Uhr 55

Das ›Kismet‹ in Schwabing ist eine Mischung aus orientalischem Märchen und ›Krieg der Sterne‹. Rotierende Scheinwerfer und zuckende Laserstrahlen tauchen die maurischen Bögen hinter der Bar und rund um die Tanzfläche in ein wechselndes Farbenspiel.
Am Ende der langen Bar sucht sich Peter Brandon einen Platz, von dem aus er Tanzfläche, Eingang und Notausgang sehen kann.
Eine Trockeneiswolke hüllt die Füße der Tanzenden ein, und Rauchschwaden werden durch die Schallwellen der gigantischen Boxen unter der Decke durcheinandergewirbelt. Es riecht nach Hasch. Weggetreten – in Dope-Dimensionen – bewegen die Tanzenden im Zeitlupentempo ihre durch den Dimmer grotesk verzerrten Glieder.
»Hallo«, wendet sich ein Junge mit langem Haar und sanfter Stimme an ihn. »Du, Alter, hast du vielleicht 'n *piece* für mich?« Auf dem ausgeleierten, handgestrickten Pullover trägt er ein paar Buttons. Auf einem ist eine Cannabispflanze abgebildet, und auf dem anderen steht: »Lieber Petting als Pershing.«
»Was meinen Sie?« fragt Brandon verständnislos.
»*Dope.* Ich meine, hast du *dope?*«

»Ach so. Tut mir leid. Aber hier gibt's doch sicher genügend Dealer.«

»Hast du nicht 'ne *connection?*« Der Sanfte bleibt hartnäkkig. »Wenn du Böcke hast und dich mit 'nem Fufi beteiligst, können wir 'n *piece* zusammen dampfen. Weißt du, ich bin total abgebrannt und auf 'nem totalen Frust!«

Um ihn loszuwerden, drückt Brandon dem Typ einen Schein in die Hand. Er will kein Aufsehen.

»Alter, du bist ja total geil drauf«, staunt der Langhaarige und zieht ab.

Brandon verharrt auf seinem Platz, trinkt den zweiten Gin-Tonic und sieht abwechselnd zum Eingang und zum Notausgang. Er beobachtet, wartet und wird zunehmend ungeduldiger. Kein Feliks.

Als er sich gerade wieder auf den Eingang konzentriert, spürt er neben sich eine leichte Bewegung.

»Erwarten Sie etwa jemand?« fragt Rudkow mit ironischem Lächeln. Im Lärm der elektronischen Musik geht seine Stimme fast unter.

»Sie kommen reichlich spät«, stellt Brandon irritiert fest. Er hat nicht gesehen, wo Rudkow hereingekommen ist. »Glänzender Einfall von Ihnen, ausgerechnet diese Bude als Treffpunkt vorzuschlagen. Offensichtlich wollten Sie mir die Dekadenz des kapitalistischen Systems vor Augen führen.«

»Durchschaut.« In einer spöttisch zustimmenden Gebärde hebt Rudkow die Hände. »Wollen wir uns nicht setzen?« meint er liebenswürdig und deutet auf einen Tisch mit zwei leeren Stühlen, der vor einem nachempfundenen Minarett steht.

Die Männer bahnen sich ihren Weg zwischen den Tanzenden hindurch und setzen sich an den freien Tisch.

»Also, was gibt's?« fragt Brandon herausfordernd. »Sie haben hoffentlich zwingende Gründe, mich eigens nach München kommen zu lassen?«

Rudkow vergewissert sich rasch, daß nicht zufällig ein Lauscher in der Nähe steht, dann beugt er sich zu Brandon. »Es geht um Atkins«, sagt er eindringlich.
Brandon wird hellhörig. »Wollen Sie damit sagen, daß Sie Ihren Plan mit dem Jungen noch nicht aufgegeben haben?«
»Ganz im Gegenteil. Die Sache ist bereits gelaufen.«
»Soll das etwa heißen, daß der Junge in Ihrer Hand ist?« entfährt es Brandon.
»Sicher.« Rudkow sieht Brandon gleichmütig an.
»Wo ist denn der Junge?« erkundigt sich dieser beiläufig. »In Italien?«
»Noch nicht. Ist im Moment auch Nebensache«, weicht Rudkow aus. »Jetzt geht es vorrangig um Atkins. Er muß unter Druck gesetzt werden. Das muß ich mit Ihnen besprechen.«
»Wie geht es dem Jungen? In welcher Verfassung ist er?« Brandon macht kein Hehl daraus, daß ihm das Kind leid tut.
»Wie soll es ihm schon gehen. Gut.« Rudkow ist ungeduldig.
»Und Sie glauben tatsächlich, daß –« Brandon bricht ab, als eine blonde Pseudo-Orientalin in durchsichtigen Pumphosen fragt, was sie trinken wollen. Brandon bestellt Pils und Rudkow Mineralwasser. Nachdem das Mädchen außer Hörweite ist, wiederholt Brandon: »Und Sie glauben tatsächlich, daß Sie Atkins auf diese Art weichkochen können, daß er deswegen die Pershing-Kassette herausrückt?« Seine Stimme klingt zweifelnd.
»Wenn wir ihm die Daumenschrauben stark genug anziehen, auf jeden Fall! Und wenn wir ihm einen Grund liefern, der die Herausgabe der Kassette ethisch vertretbar für ihn macht. Hier kommen Sie ins Spiel.«
»Schön und gut. Was haben Sie sich vorgestellt?«
Die Bedienung stellt die Getränke auf den Tisch. »Macht

siebensechzig«, sagt sie zu Brandon und wirft Rudkow einen begehrlichen Blick zu.
»Stimmt«, sagt Brandon und drückt dem Mädchen zehn Mark in die Hand.
Beim Weggehen streift ihre Hüfte Rudkow in einer katzenhaften Bewegung.
»Tolle Eroberung, die Sie da gemacht haben.« Brandon grinst amüsiert.
Rudkow hebt die Schultern und nimmt das unterbrochene Gespräch wieder auf. »Also, Sie treten an Atkins heran unter dem Vorwand, von einem BND-Verbindungsmann einen wichtigen Tip erhalten zu haben. Nämlich, die Ustaša plane, von ihm durch eine bestimmte Aktion Pershing-2-Unterlagen zu erpressen.«
»Die Ustaša?« überlegt Brandon laut.
»Sie wissen doch, die rechtsnationale Befreiungsorganisation der Jugoslawen«, hilft ihm Rudkow auf die Sprünge.
»Ach so, die. Und was versprechen Sie sich davon?«
»Zweierlei.« Rudkow sieht Brandon durchdringend an. »Einmal den direkten Kontakt zu Atkins. Damit können Sie mich auf dem laufenden halten und gegebenenfalls warnen, wenn er etwas unternimmt. Zum anderen müssen Sie ihn davon überzeugen, daß die Ustaša mit der Pershing-Kassette lediglich Druck auf die jugoslawische Regierung ausüben wolle, indem sie behaupten würde, mit der Kassette gleichzeitig Zugang zu einer der Pershing-Basen in der BRD zu haben.«
»Ich verstehe«, sagt Brandon. »Ein bißchen weit hergeholt, dieses Ablenkungsmanöver. Sie wollen damit eine falsche Spur für Atkins legen und ihm gleichzeitig die ethische Rechtfertigung liefern, die Kassette herauszugeben, ohne den Westen an Moskau zu verkaufen. Glauben Sie wirklich, daß der Mann darauf hereinfällt?«
»Das kommt auf seine Verfassung an. Übrigens sollten Sie

beiläufig fallen lassen, daß die Sowjets seit längerem Pershing-Unterlagen in Händen haben, die ihnen ein Maulwurf bei Marietta besorgt hat.«

»Meiner Ansicht nach ist die ganze Sache hirnverbrannt«, meint Brandon. »Der Mann muß doch mißtrauisch werden, wenn ich ausgerechnet zu dem Zeitpunkt auftauche, wo sein Sohn entführt wurde. Sie unterschätzen Atkins. Er ist zu intelligent, um das Spiel nicht zu durchschauen.«

»Da irren Sie sich. Ich habe Atkins studiert und weiß, wann er bricht. In der psychischen Verfassung, in der er sein wird, wenn Sie zu ihm kommen, wird er Ihnen die Geschichte ohne weiteres abkaufen. Davon abgesehen, habe ich ein weiteres Druckmittel in petto.« Rudkow lehnt sich zurück und steckt die Hände in die Hosentaschen.

»Das Ganze gefällt mir nicht.« Brandon schüttelt den Kopf. »Es ist eine Gratwanderung, bei der ich in Gefahr komme, aufzufliegen.«

Rudkow leert sein Glas und steht auf. »Liegt allein an Ihnen, wenn Sie auffliegen«, erwidert er kaltschnäuzig. »Mein Auftrag lautet: Die Kassette um jeden Preis. Und vergessen Sie nicht, wir sitzen im selben Boot!« Er dreht sich um und will gehen.

»Feliks!« Brandons Stimme klingt warnend. »Gerade weil wir im selben Boot sitzen, darf dem Kind unter keinen Umständen etwas passieren.«

Rudkow mustert Brandon mit einem verständnislosen Blick.

»Wann soll ich mit Atkins Kontakt aufnehmen?« fragt Brandon.

»Am Montag.« Rudkow hebt kurz die Hand zum Abschied und verschwindet hinter einer Gruppe von Jugendlichen.

16

München
Sonntag, 6. Oktober, 2 Uhr 10

Rudkow bleibt einen Moment zögernd auf dem Bürgersteig vor dem ›Kismet‹ stehen und gähnt. Er hat einen langen Tag hinter sich. Sozusagen einen Tag mit zwei Jahreszeiten. Frühmorgens, in Heidelberg, war es unangenehm kalt und regnerisch gewesen und jetzt bläst ihm ein warmer Wind entgegen – Föhn.
Die wenigen Nachtbummler haben die Mäntel geöffnet oder tragen sie sogar über dem Arm. Kleinere Gruppen unterhalten sich fröhlich, als habe sie der unerwartete Frühlingseinbruch beschwingt. Für Rudkow sehen sie aus wie benommene, aber euphorische Krieger, die während einer Kampfpause die Köpfe der Überlebenden zählen.
Er fühlt sich nicht euphorisch. Er ist gereizt. In ihm kocht eine stille Wut. Leider braucht er diesen Brandon. Er haßt es, abhängig zu sein. Sein Auftrag ist schon problematisch und riskant genug, ohne sich zusätzlich auch noch über Brandon den Kopf zerbrechen zu müssen!
Langsam geht er um den Block zu seinem Wagen. Er fährt die Leopoldstraße entlang, durch die Prinzregentenstraße und überquert dann die Isar. Es sind nur noch wenige Fahrzeuge unterwegs.
Jetzt liegen sie in ihren Betten, die satten Bürger, denkt

Rudkow sarkastisch. Sie verdauen, schlafen, fühlen sich geborgen und wiegen sich in warmer Sicherheit. Sie träumen – bewältigen in ihrer Traumwirklichkeit Probleme oder das, was sie dafür halten. Probleme! Was wissen die schon von Problemen! In wenigen Stunden stehen sie auf und gehen einer geregelten Beschäftigung nach, die ihnen nichts Unmögliches abverlangt. Was wissen diese Leute schon von den mörderischen Auseinandersetzungen an der unsichtbaren Front.
Brandon! – Im tiefsten Inneren warnt etwas Rudkow vor ihm. Und bisher hat er sich auf seinen Instinkt verlassen können, oft genug hat er ihn vor dem Schlimmsten bewahrt. Wenn er nur hätte definieren können, was ihn an Brandon so verunsicherte. Er kann ›die Hand nicht drauflegen‹. Bis zu einem gewissen Grad bringt er sogar Verständnis dafür auf, daß der Mann Mitleid für den Jungen empfindet – er dachte wohl an seine eigene kleine Tochter. Aber die offensichtliche Warnung hatte ihn irritiert. Er hat Brandons Worte noch im Ohr, »... dem Jungen darf unter keinen Umständen etwas passieren«. Besonders hatte ihn der sezierende Blick gereizt, mit dem Brandon seinen Worten besonderes Gewicht verliehen hatte. Wenn Rudkow genau darüber nachdenkt, hat sich der Mann in den bisherigen gemeinsamen Aktionen stets wie ein unbeteiligter, aber interessierter Außenseiter verhalten, der weder intellektuell noch emotionell verwickelt zu sein schien. Trotzdem hat er immer mitgezogen.
Rudkow erreicht die Grünwalder Straße und fährt weiter nach Harlaching. Wenn er sich mit Atkins verkalkuliert hat? Er wagt gar nicht, daran zu denken. Rudkow schaut wieder in den Rückspiegel und beobachtet die Scheinwerfer eines Wagens. Ein Streifenwagen folgt ihm. Er konzentriert sich auf den Tacho, um die Geschwindigkeitsbegrenzung nicht zu überschreiten. Als er kurz hinter dem Authariplatz

in die Tristanstraße einbiegt, stellt er mit Erleichterung fest, daß die Polizeistreife geradeaus weiterfährt.
Die Tristanstraße ist schmal, und ihre gutbürgerlichen Häuser stammen vorwiegend aus den fünfziger und sechziger Jahren. Viele der Anwohner haben ihre Wagen halb auf dem Bürgersteig geparkt. Hier leben größtenteils Ärzte, Anwälte, Lehrer und Geschäftsleute. Jeder in seiner eigenen kleinen Welt. Man kümmert sich nicht um die Nachbarn, hinter den gestutzten Thuja- oder Laubhecken bleibt jeder möglichst für sich. Die kleinen Grundstücke sind sorgfältig gepflegt.
Rudkow parkt den Wagen auf dem zurückliegenden Stellplatz vor der Garage eines zweistöckigen Hauses. In den Rauhputzpfeiler neben der Gartentür ist der Briefkasten eingelassen. Auf dem Namensschild steht R. Menzel. Roland Menzel ist der Besitzer des Hauses. Vor zwölf Jahren offiziell aus der DDR ausgebürgert, arbeitet er jetzt als Abteilungsleiter in einer Firma, die telemetrische Geräte herstellt. In Wahrheit ist Menzel Offizier des DDR-Ministeriums für Staatssicherheit (STASI) und steht dem KGB gleichzeitig als nützlicher V-Mann zur Verfügung, wenn Operationen in der Bundesrepublik durchgeführt werden.
Rudkow öffnet die Tür zum Vorgarten, überquert die Waschbetonplatten bis zur Haustür mit wenigen Schritten und schließt auf. Er steigt die helle Eichenholztreppe hinauf bis zum Dachgeschoß im zweiten Stock und sperrt nacheinander die beiden Sicherheitsschlösser an der Wohnungstür auf. In dem winzigen Flur hängt er seine Lederjacke an einen Garderobenhaken und betritt das Wohnzimmer durch die offenstehende Tür.
Der kleine, tragbare Schwarzweißfernseher flimmert und rauscht. Roland Menzel sitzt zurückgelehnt auf der Couch und ist offenbar gerade aufgewacht. Seine Augen sind hinter dunkel getönten Gläsern verborgen. Die spärlichen

Haare hat er von hinten nach vorn gekämmt, um seine Halbglatze zu kaschieren, und beim Gähnen entblößt er gelbe Zähne im feisten Gesicht.
Rudkow schaltet das Fernsehgerät ab. »Hat das mit dem Paß geklappt?« fragt er.
»Alles fertig. Dort liegt er.« Menzel zeigt auf den Tisch. »War kein Problem. Mußte ja nur das Foto eingefügt und gestempelt werden.«
Rudkow greift nach dem jugoslawischen Kinderpaß unter der Tischlampe. Kritisch prüft er Olivers Foto mit dem Stempel. Ausgestellt ist der Paß auf den Namen Pero Bajić, neun Jahre alt, geboren in Zagreb, Sohn des Miroslaw Bajić. Zufrieden legt er den Paß auf den Tisch zurück.
»Was macht der Junge?« fragt er mit einer Kopfbewegung zur Schlafzimmertür.
»Wird wohl schlafen«, meint Menzel gleichgültig.
Rudkow geht ins Schlafzimmer, knipst die Deckenlampe an und tritt ans Bett.
Das Gesicht des Jungen ist blaß, mit Schweiß bedeckt, und die dunklen Locken kleben am Kopf. Er wälzt sich unruhig hin und her und murmelt unverständliche Wortfetzen. Rudkow schaltet das Licht wieder aus und zieht die Tür leise hinter sich zu.
»Ich bin müde«, sagt er zu Menzel. »Vor der Fahrt brauche ich dringend noch ein paar Stunden Schlaf.«
Menzel steht auf. »Alles, was Sie zum Frühstück brauchen, ist in der Küche. Um welche Zeit soll ich wieder hier sein?«
»Überhaupt nicht. Wenn Sie aufstehen, bin ich längst mit dem Jungen unterwegs. Aber bevor ich es vergesse, haben Sie andere Kleider für ihn besorgen lassen?«
»Liegen im Schlafzimmer auf dem Stuhl. Seine eigenen Sachen wurden bereits verbrannt. Also, dann geh' ich jetzt. Gute Nacht – vielmehr das, was davon übrigbleibt.«
Er verläßt die sogenannte Gästewohnung, die inoffiziell als

Unterschlupf für Ostagenten dient, und geht nach unten. Er bewohnt mit seiner Frau das Erdgeschoß und die erste Etage.
Nachdem Rudkow die Sicherheitskette eingehakt und die Tür zusätzlich mit einem Riegel verschlossen hat, wirft er sich angezogen auf die Couch und schläft sofort ein.

Eine Stimme. Er hört eine entfernte Stimme. Die fremde Stimme wird lauter. Oliver dreht sich im Bett um und kommt langsam zu sich. Er macht die Augen auf und sieht eine schräge Decke über sich. Verständnislos starrt er hinauf. Durch die Vorhänge schimmert Tageslicht. Er setzt sich auf und erkennt Rudkow. Entsetzt läßt er sich auf das Kopfkissen zurückfallen und zieht die Bettdecke über den Kopf. Aber der Mann kommt und rüttelt ihn heftig an der Schulter.
»Steh auf, frühstücken«, sagt er barsch und zieht ihm die Decke vom Gesicht.
»Wo bin ich? Wo sind meine Eltern?« fragt Oliver verängstigt. »Ich will zu *Mum* und *Dad!*«
»Steh jetzt sofort auf und zieh dich an. Tu, was ich dir sage, dann siehst du deine Eltern bald wieder.« Rudkows Stimme duldet keinen Widerspruch.
Als Oliver aufsteht, fühlt er sich schwindlig. Er hat Durst und ein pelziges Gefühl im Mund.
»Da, zieh das an.« Rudkow zeigt auf den Stuhl, wo Unterwäsche, Strümpfe, eine Cordhose und ein Rollkragenpullover liegen. »Zieh deine Unterwäsche aus und leg sie aufs Bett.«
»Aber das sind ja gar nicht meine Sachen«, wehrt sich Oliver schwach. »Fremde Sachen zieh ich nicht an.«
»Und ob du sie anziehst«, sagt Rudkow drohend. »Wo das Bad ist, weißt du ja. Beeil dich. Ich mache inzwischen das Frühstück.«

In der kleinen, dunkelgrün gekachelten Küche gießt sich Rudkow Kaffee auf und macht für den Jungen Milch warm. Dann holt er aus dem Schrank einen großen Trinkbecher und schüttet etwas von dem weißen Pulver aus einer Glasröhre hinein, die er aus der Jackentasche genommen hat. Das Pulver verrührt er sorgfältig mit der gewärmten Milch. Er stellt die Getränke, Brot, Butter, Marmelade und Wurst auf ein Tablett und trägt es ins Wohnzimmer. Rudkow setzt sich an den Tisch und beginnt zu frühstücken. Oliver kommt angezogen aus dem Bad und bleibt unschlüssig im Türrahmen des Wohnzimmers stehen.
»Setz dich und frühstücke«, fordert ihn Rudkow auf.
»Nein. Ich mag nicht«, antwortet Oliver trotzig.
»Gut. Liegt ganz an dir, ob du deine Eltern wiedersiehst oder nicht«, meint Rudkow kalt.
Widerwillig setzt sich Oliver. »Mein Vater wird Sie erschießen!« sagt er haßerfüllt.
»Dann muß er mich erst mal kriegen«, meint Rudkow und lacht. »Komm, trink deine Milch.«

Eine halbe Stunde später, es ist kurz nach acht, biegt Rudkow in die Grünwalder Straße ein und verläßt München in Richtung Bad Tölz. Der Himmel ist bayerisch weißblau, das Reisewetter ideal.
In etwa fünfeinhalb Stunden müßte Vicenza zu schaffen sein, denkt Rudkow und konzentriert sich auf den Ausflugsverkehr, der wegen des schönen Tages schon früh eingesetzt hat. Er streift den Jungen auf dem Beifahrersitz mit einem kurzen Blick. Wie erwartet, schläft Oliver wieder. Rudkow stellt das Autoradio an. Bayern 3 bringt Musik, Informationen und Verkehrsmeldungen.
Nach knapp anderthalb Stunden läßt ihn die österreichische Grenzkontrolle am Achenpaß ungehindert passieren. Die erste Hürde ist genommen, denkt Rudkow. Nach einer

Weile taucht rechts unten der langgestreckte Achensee auf. Mit seinem fast schwarz aussehenden Wasser wirkt er unheimlich. Auf den Gipfeln der Berge leuchtet der erste Neuschnee im Sonnenlicht. Doch Rudkow hat keinen Blick für die herrliche Landschaft. In Gedanken plant er bereits die nächsten Schritte. Er fährt die kurvenreiche Paßstraße hinunter und nimmt im Inntal die Autobahn zum Brenner. An der Mautstelle hinter Innsbruck zahlt er die Gebühren und erreicht kurz nach elf die italienische Grenze. Der Beamte sieht sich die Pässe an, wirft einen prüfenden Blick in den Wagen und betrachtet den schlafenden Jungen beinah liebevoll.

»Mein Sohn ist müde von der langen Fahrt«, sagt Rudkow.

Der Italiener gibt ihm die Pässe zurück, verzichtet auf eine Gepäckkontrolle und winkt Rudkow über die Grenze.

Er ist in Italien.

17

Heidelberg
Sonntag, 5. Oktober, 18 Uhr 20

Lionel Atkins betritt das Haus am Merianweg und weiß in der gleichen Sekunde, daß etwas nicht stimmt. Eine negative, bedrückende Atmosphäre kommt auf ihn zu wie eine schwarze Wand. Das Haus ist dunkel und still. Doch als er auf den Lichtschalter im Flur drückt, sieht alles so aus wie immer.

Warum kommen sie nicht, um mich zu begrüßen, denkt er verwundert. Sie müssen mich doch gehört haben. Sicher hocken sie vertieft vor dem Fernseher, oder sie sind zu den Wielands gegangen, versucht er, sich zu beschwichtigen.

Er geht ins Wohnzimmer und schaltet die Deckenbeleuchtung an. Erstarrt entdeckt er die leere Ginflasche auf dem Teppich – das Glas neben der Whiskyflasche auf dem Tisch und den vollen Aschenbecher. Ihm ist, als habe er einen Tiefschlag erhalten. Das ungute Gefühl beim Betreten des Hauses konkretisiert sich zur grausamen Gewißheit: Während seiner Abwesenheit ist etwas Furchtbares passiert.

Das Telefongespräch mit Sue, schießt ihm durch den Kopf. Ihre Stimme hat tatsächlich merkwürdig geklungen. Ihm wird heiß. Er rennt die Treppe hinauf, gleich drei Stufen auf einmal nehmend, und stürzt ins Schlafzimmer.

Susan liegt angezogen auf dem Bett. Sie trägt dasselbe Kleid

wie an dem Morgen, als er weggefahren ist. Es ist fleckig und zerknittert. Das Zimmer riecht nach Alkohol und abgestandenem Zigarettenrauch. Das Glas unter der brennenden Nachttischlampe ist umgestoßen, Nachttisch und Aschenbecher schwimmen in Whisky.
Wo Oliver wohl sein mag, geht es Atkins flüchtig durch den Kopf, während er zu Susan ans Bett tritt. Er erschrickt über ihr Aussehen: das Gesicht ist maskenhaft weiß und eingefallen, die geschlossenen Augen liegen in tiefen, dunklen Höhlen. Sie atmet schwer.
Atkins ist außer sich. Nur das nicht wieder! Er beugt sich zu ihr hinunter und schüttelt sie grob. »Susan, komm zu dir!« schreit er sie an. »Wach auf! Was ist los mit dir?«
Mühsam öffnet sie die Lider, starrt Atkins an wie einen Fremden. Dann weiten sich ihre Pupillen im Erkennen.
»Lionel!« flüstert sie verzweifelt, schlingt ihm die Arme um den Hals und klammert sich an ihn wie eine Ertrinkende. Ihr Körper wird von Weinkrämpfen geschüttelt.
Hilflos hält er sie fest, versucht, sie zu beruhigen. »Ist ja schon gut, Sue. Ich bin doch bei dir.« Er wiederholt die Worte immer wieder und streichelt sie wie ein Kind. »Sag mir, was passiert ist.« Doch Susan Atkins reagiert nicht. Er läßt sie aufs Kopfkissen zurückgleiten und geht ins Bad, um ein nasses Handtuch zu holen. Liebevoll streicht er ihr das zerwühlte Haar zurück und reibt ihr Stirn und Schläfen mit dem kühlen Tuch ab. Dann setzt er sich neben sie aufs Bett und wartet geduldig.
Es dauert lange, bis Susan Atkins endlich sprechen kann. Dann sagt sie seltsam ruhig und beherrscht: »Sie haben Oliver entführt.«
Atkins' Herzschlag setzt aus. Er ist wie gelähmt. Endlich wiederholt er mit rauher Stimme: »Entführt? Sie haben Oliver entführt? Was soll das heißen – ›sie‹? Wer sind ›sie‹?«

Nun sprudelt alles aus Susan Atkins heraus, was sich in den anderthalb Tagen seiner Abwesenheit in ihr aufgestaut hat. Die endlosen Stunden, Minuten, Sekunden – allein in dem leeren Haus. Verdammt dazu, hilflos und tatenlos warten zu müssen, von der Ungewißheit gepeinigt, ob Oliver überhaupt noch lebe. Sie hatte sich mit Alkohol betäubt, immer wieder. In ihrer Phantasie hatte sie Oliver qualvoll unter den Händen dieser Bestien sterben sehen. Sie hatte getrunken, pausenlos geraucht, war von Zimmer zu Zimmer geirrt, hatte erneut getrunken und verzweifelt auf Lionel gewartet. Jede Sekunde war ihr zur Ewigkeit geworden. Sie hatte sich vor den angekündigten Instruktionen gefürchtet und sich gleichzeitig daran geklammert wie an einen rettenden Strohhalm.
Sie spricht in wirrem Durcheinander von einem Mann am Telefon, von der Nachricht, die auf ihrem eigenen Briefpapier stand, von Drohungen, Instruktionen und von ihrem Friseur. Dabei wiederholt sie unentwegt, daß Lionel unter keinen Umständen etwas unternehmen dürfe, sonst würde Oliver sterben. Pausenlos laufen ihr die Tränen über das Gesicht.
Atkins läßt seine Frau reden, unterbricht sie mit keinem Wort. Er wirft seine Uniformjacke auf einen Sessel und lokkert den Hemdkragen. Als sie sich endlich alles von der Seele geredet hat und erschöpft schweigt, nimmt er sie tröstend in die Arme. Dann sagt er bestimmt: »Du wirst jetzt aufstehen. Wir können beide einen starken Kaffee brauchen, dabei erzählst du mir alles noch einmal – ganz ruhig und der Reihe nach.«
Er hilft ihr aus dem Bett und stützt sie, als sie die Treppe hinuntergehen zur Küche. Fürsorglich setzt er sie auf einen Stuhl am Küchentisch. Dann brüht er Pulverkaffee auf. Stark. Er nimmt drei gehäufte Kaffeelöffel für jede Tasse. Er setzt sich neben sie, und während beide den heißen, schwar-

zen Kaffee trinken, läßt er sich von Susan noch einmal alles berichten, was vorgefallen ist, steuert sie durch systematische Fragen, um sich ein klares Bild machen zu können. Nur einmal steht er auf: er holt die Erpressernachricht aus dem Wohnzimmer und liest sie mit versteinertem Gesicht.

Nervös zündet sich Susan wieder eine Zigarette an. »Du siehst, daß wir schweigen müssen«, sagt sie eindringlich. »Und du darfst unter keinen Umständen etwas unternehmen. Es ist Olivers einzige Chance. Ich fleh dich an, unterrichte deine Dienststelle nicht. Das darfst du nicht machen. Du hast doch gelesen, wenn du jemand informierst, stirbt Oliver. Du willst doch nicht, daß unser Junge qualvoll stirbt«, beschwört sie ihn. »Dann bring ich mich auch um. Ich will nicht mehr leben, wenn dem Jungen etwas passiert.«

Mit leeren Augen blickt sie vor sich hin.

»Aber Sue, für mich hätte das Leben doch auch keinen Sinn mehr, wenn dir oder Oliver etwas zustieße«, sagt er leise und zieht sie an sich. »Ich verspreche dir, daß wir Oliver wiederbekommen. Glaube mir, ich werde dafür alles tun.«

»Wer hat uns das bloß angetan, Lionel? Hast du einen Verdacht?«

»Versuch dich zu erinnern, Sue«, sagt er drängend. »Wie sprach der Mann am Telefon, hatte er einen Akzent? Kann es ein Deutscher gewesen sein?«

»Ich weiß nicht, Lionel.« Sie hebt die Schultern. »Er sprach ein sehr gutes Englisch. Einen Akzent? Ja, ich glaube, er hatte einen Akzent. Aber frag mich nicht, welchen. Ich weiß es nicht.«

Atkins überlegt angestrengt. Wer steckt hinter der Entführung? Linke Terroristen? Ich müßte das HQ umgehend informieren. Meldung machen. Das Bundeskriminalamt einschalten. Aber was passiert dann? Diese hundsgemeine Drohung: IHR SOHN STIRBT QUALVOLL. Er darf – er

kann Oliver und Sue nicht aufs Spiel setzen. Vorläufig muß er schweigen.
Susan, die ängstlich jede Regung in seinem Gesicht beobachtet hat, fühlt, was in ihm vorgeht. »Du darfst niemand informieren«, bricht es aus ihr heraus. »Wir müssen die Instruktionen abwarten!«
Oliver! Wo er jetzt wohl sein mag? Die Ängste, die das bedauernswerte Kind durchstehen muß. Wenn sie den Jungen nur nicht quälen, denkt er und ballt die Fäuste. Diese Schweine! Sie wollen die Welt verbessern, diese Revoluzzer, und dafür ist ihnen jedes Mittel recht. Psychopathen sind sie! Wenn dem Jungen etwas passiert, gebe ich keine Ruhe, bis ich sie nicht eigenhändig umgebracht habe, schwört er sich in ohnmächtigem Zorn. »Ich hasse dieses Land, ich hasse diesen verfluchten Beruf«, preßt er durch die Zähne, »das Militär, die Pershing-Stützpunkte und alles was dazugehört! Mußtest du unbedingt zum Friseur gehen und den Jungen allein lassen?« fährt er Susan unvermittelt an und entschuldigt sich im gleichen Atemzug. »Es tut mir leid, Darling. Ich hab's nicht so gemeint. Ich weiß, daß du keine Schuld hast. Mir sind einfach die Nerven durchgegangen.«
»Ich weiß doch«, sagt Susan traurig. »Mir ist es doch genauso gegangen. Aber wenn wir uns an die Instruktionen halten, wird sicher alles wieder gut«, fügt sie hoffnungsvoll hinzu.
»Also gut! Halten wir uns daran.« Atkins ist nun kalt entschlossen. »Warten wir die nächste Nachricht ab. Dann werden wir ja erfahren, was hinter der ganzen Sache steckt. Für die Außenwelt müssen wir unser normales Leben aufrechterhalten. Wir müssen uns normal verhalten, auch wenn es schwerfällt. Ich werde morgen das HQ benachrichtigen, daß ich einen Tag freinehme. Und du rufst in der Schule an und entschuldigst Oliver wegen einer Grippe.

Annemarie Wieland wirst du deinen gestrigen Zustand mit heftigen Zahnschmerzen erklären, die du mit Alkohol betäuben wolltest, weil du keine Tabletten verträgst. Und rühr das Zeug bitte nicht mehr an. Ich dachte, das hätten wir hinter uns. Wenn wir Oliver retten wollen, müssen wir uns jetzt zusammenreißen und alles tun, was ihm helfen könnte.«

Während er Susan Mut zuspricht, nagt der Zweifel an ihm wie eine hungrige Ratte. Er weiß, wozu Entführer, Erpresser fähig sind, weiß, auf welch grausame Art sie oft ihre Opfer umbringen. Er darf nicht darüber nachdenken, wie gering Olivers Chancen sind. Um sein Kind vor dem Schlimmsten zu bewahren, würde er alles opfern.

18

Heidelberg
Montag, 6. Oktober, 9 Uhr 15

Die Forderung kommt mit der Post. Ein einfacher weißer Umschlag, an Colonel Atkins adressiert und am 4. Oktober in München abgestempelt.
Als Atkins die Post aus dem Briefkasten holt, steckt er zwischen Rechnungen, Wurfsendungen und Briefen aus England und Amerika. Er setzt sich zu seiner Frau ins Wohnzimmer. Beide sind übernächtigt. Sie sehen mitgenommen aus. Atkins hat kaum geschlafen. Während Susan in seinem Arm wenigstens ein paar Stunden in leichtem Schlummer lag, hatte er gegrübelt, nach Hintergründen, Absichten und Lösungsmöglichkeiten gesucht. Tiefste Niedergeschlagenheit und Zuversicht wechseln in ihm bis zur Zermürbung. Lustlos sieht er die Post durch.
»Hier, ein Brief an dich von Irene.« Er gibt ihr das Schreiben seiner Schwester aus Amerika. Susan Atkins legt den Brief uninteressiert beiseite. »Pat und Stanley haben aus England geschrieben.« Und dann liegt der weiße Umschlag in seiner Hand. Er dreht ihn um. Kein Absender. Er schaut auf den Poststempel. München. Dann öffnet er den Umschlag, entnimmt ihm einen weißen Bogen und entfaltet ihn. Große Buchstaben in Schreibmaschinenschrift springen ihn an. Er liest:

OLIVER GEHT ES GUT – NOCH!
ERFÜLLEN SIE UNSERE FORDERUNGEN – VORBEHALTLOS!
VERGESSEN SIE NICHT:
NIEMANDEN UNTERRICHTEN!
NICHTS UNTERNEHMEN!
NICHT IHRE DIENSTSTELLE EINSCHALTEN!
KEINE BEHÖRDEN INFORMIEREN!
KEINE TRICKS!
SIE HABEN KEINE CHANCE, UNS ZU HINTERGEHEN:
BEI ZUWIDERHANDLUNGEN BRECHEN WIR UMGEHEND DEN KONTAKT AB UND IHR SOHN MUSS DAFÜR BÜSSEN!

WIR FORDERN DIE ÜBERGABE EINER MAGNETBANDPROGAMM-KASSETTE FÜR DEN STEUERUNGSCOMPUTER DER PERSHING 2 – ZUSÄTZLICH EIN INSTRUKTIONSHANDBUCH UND CODEREGISTER FÜR DIE NAVIGATIONSPROGRAMMIERUNG AM KOMMENDEN SONNTAG:
TREFFPUNKT: VENEDIG – 12. OKTOBER – 9 UHR – AM COLLEONI-REITERSTANDBILD VOR DER KIRCHE SANTI GIOVANNI E PAOLO.
PROBIEREN SIE NICHT, KASSETTE ODER UNTERLAGEN ZU TÜRKEN. DANN STIRBT IHR SOHN QUALVOLL. HALTEN SIE SICH AN DIE INSTRUKTIONEN, WENN SIE OLIVER HEIL ZURÜCKHABEN WOLLEN!

WIR KÄMPFEN GEGEN DIE KOMMUNISTISCHE GEWALTHERRSCHAFT IN UNSERER HEIMAT.

»Was ist, Lionel? Um Gottes willen, was ist los?« fragt Susan Atkins alarmiert, als sie ihn ansieht.
Seine Hand mit dem Briefbogen ist ihm aufs Knie gesunken. Sein Gesicht ist grau. »Die Instruktionen. Die Forderungen.« Er kann kaum sprechen. »Der Brief lag in der Post.«
»Und?« Sie greift sich ans Herz. »Was wollen sie von uns?«

»Von uns?« Atkins lacht bitter auf. »Von mir wollen sie etwas!«
Bevor er es verhindern kann, hat sie den Bogen an sich gerissen und überfliegt ihn mit fiebrigen Augen. Ihre Hand bedeckt den aufgerissenen Mund, um einen Aufschrei zu unterdrücken.
»Du siehst doch ein, daß ich diese Forderung nie erfüllen kann, Sue«, sagt er mit verzerrtem Gesicht. »Ich kann nicht zum Hochverräter werden.«
»Du mußt, Lionel.« Ihre Stimme klingt tonlos. »Für Oliver – für mich – für uns. Sonst ist alles zu Ende.«
»Ich muß das HQ informieren.« Er steht schwerfällig auf.
»Nein«, schreit Susan, wirft sich vor ihm auf die Knie und umklammert seine Beine. »Bitte! Tu's nicht! – Oliver stirbt! Was heißt hier schon Hochverrat. Amerika wird täglich verraten. Für schnöden Mammon!« Ihre Stimme droht sich zu überschlagen. »Was zählt denn mehr für dich, Oliver und ich oder diese verfluchte Pershing-Kassette? Was können diese Bestien schon damit anfangen? Etwa den Kommunismus besiegen?! Du mußt schweigen, um jeden Preis! Oliver muß am Leben bleiben. Hinterher kannst du dich nach Amerika versetzen lassen oder deinen Abschied nehmen, damit wir endlich in Frieden leben können.«
Zart löst er ihre Arme von seinen Beinen. Sie kauert am Boden, er setzt sich neben sie. »Du bist doch mein vernünftiges Mädchen«, sagt er. »Du weißt doch ganz genau, daß es so gut wie keine Möglichkeit gibt, eine von diesen Kassetten oder die Unterlagen unbemerkt zu entwenden. Ich meine, zu stehlen! Sie sind ›top secret‹.«
Susan Atkins verschließt sich seinen Argumenten. Für sie zählt nur das Leben ihres Kindes. Wie aufgezogen wiederholt sie immer wieder: »Du mußt einen Weg finden.«
So gut wie keine Möglichkeit, sie zu beschaffen? schießt es ihm durch den Kopf... Nicht für mich – nicht unbedingt...

Er unterdrückt den Gedanken, bevor er ihn zu Ende gedacht hat.
Es klingelt an der Haustür.
Lionel und Susan Atkins drehen die Köpfe erschrocken zum Flur. Sie stehen vom Boden auf.
Atkins geht zur Haustür. »Wer ist da?« fragt er laut.
»Die Post«, antwortet jemand. »Ein Eilpäckchen für Sie.«
Atkins öffnet die Tür, davor steht der Postbote, auf der Straße parkt ein gelber VW. Er nimmt den wattierten, braunen Umschlag mit dem roten Expreß-Aufkleber entgegen und macht die Haustür wieder zu.
Susan ist ihm in den Flur gefolgt und fragt ängstlich: »Wer war es?«
»Die Post mit einer Eilzustellung.«
»Von wem?«
»Weiß nicht.«
Im Wohnzimmer reißt Atkins den sorgfältig verklebten Umschlag ohne die übliche Vorsicht ungeduldig auf. Eingewickelt in weißes Papier, kommt ein dunkelblaues Schmuckkästchen zum Vorschein. Er blickt es verständnislos an und macht den Klappdeckel auf. In dunkelblauen Samt gebettet, liegen zwei eiförmige Gebilde von rosagrauweißer Farbe. Bevor Atkins begreift, was er vor sich hat, vergehen ein paar Sekunden. Dann klappt er entsetzt den Deckel des Kästchens zu, läuft zur Toilette, um sich zu übergeben. Als er mit weichen Knien wieder ins Wohnzimmer kommt, liegt Susan wimmernd in einem Sessel. In den Händen hält sie das geöffnete Schmuckkästchen und das Papier, in das es eingewickelt war. Irgend etwas steht darauf. Vorsichtig nimmt er ihr beides ab, schließt noch einmal den Deckel über dem grausigen Inhalt und überwindet sich, die neuerliche Botschaft zu lesen:

SOLLTEN SIE UNSEREN FORDERUNGEN NICHT NACHKOMMEN – ERHALTEN SIE IM NÄCHSTEN SCHMUCKKÄSTCHEN DIE FAMILIENJUWELEN IHRES SOHNES – DIESMAL WAREN ES NOCH DIE HODEN EINES LÄMMCHENS.

TREFFPUNKT 12. OKTOBER VENEDIG

Er knüllt den Zettel zusammen und wirft das Kästchen angewidert in die Mülltonne vor dem Haus. Eigentlich müßte ich das Zeug für die Spurensicherung aufbewahren, denkt er. Aber warum eigentlich? Er kehrt ins Wohnzimmer zurück, läßt sich in einen Sessel fallen. Den Kopf zurückgelehnt, schließt er die Augen.
Ihm ist klar, daß er Oliver und Sue verlor, wenn er die Forderungen nicht erfüllte. Aber warum sollte er Frau und Kind opfern? Wofür? Für die Staaten – den Präsidenten? Für die CIA oder die Bundesrepublik? Ohne Sue und Oliver hätte sowieso alles keine Bedeutung mehr.
Wurden nicht alle Menschen ständig verraten in dieser dreckigen Welt? Er darf gar nicht darüber nachdenken, was in Vietnam geschehen war. Dort hatte die CIA gute Arbeit geleistet. Aber das Pentagon und die Leute um Kennedy und Johnson hatten nicht auf sie gehört, hatten ihre eigene Suppe gekocht! Und was war hinterher mit all den Vietnam-Veteranen passiert! Sie wurden auf schandbare Weise im Stich gelassen. Wofür hatten sie gekämpft? Für wen waren die Opfer verblutet? Und wie war das mit Nixon und Watergate gewesen? Ganz zu schweigen von William Colby! 1975 hatte er die ›Company‹ an den Kongreß verraten und verkauft. Er hatte ihnen alles über die CIA zugespielt: Ihren hirnverbrannten Versuch, Fidel Castro zu ermorden. – Das Komplott mit dem Großunternehmen ITT, um zu verhindern, daß der Marxist Salvator Allende zum Präsidenten von Chile gewählt wurde. Colby hatte die CIA mit seinem

Verrat beinah zugrunde gerichtet. Danach war es sogar schick geworden, Listen von CIA-Offizieren zu veröffentlichen, dem Feind preiszugeben, wer im Ausland von US-Botschaften aus operierte. Und hier? Was war mit den Hetzkampagnen vieler in diesem Land gegen die Amerikaner? Wir Amerikaner, denkt er verbittert, sind in der Bundesrepublik, um Menschen zu verteidigen, die uns verleumden. Wir erhalten ihnen ihre freiheitlichen Grundrechte und dürfen uns dafür beschimpfen lassen! Verrat – überall, wo man hinsieht.

Und er ist in Gewissenskonflikten! Welchen Schaden könnten die mit der Pershing-Kassette schon anrichten? Ohne den Navigationscomputer nutzte sie ihnen gar nichts! Und an den konnten sie nicht heran. Warum soll er ihnen also so ein Ding nicht übergeben, wenn er damit seine Familie retten kann!

Atkins hält es nicht mehr im Sessel. Er steht auf. Mit geneigtem Kopf, die Arme hinter dem Rücken verschränkt, wandert er im Wohnzimmer auf und ab. An Susan vorbei zehn Schritte zum Fenster und zehn zurück. Immer wieder bleibt er vor ihr stehen und nimmt einen Anlauf.

In ihrem schmalen, verhärmten Gesicht wirken die dunklen Augen erloschen.

Endlich gibt er sich einen Ruck. »Susan«, sagt er. »Hab keine Angst mehr. Ich werde am 12. Oktober in Venedig sein, um die Forderung zu erfüllen. Ich bringe dir Oliver zurück. Sollen sie das verdammte Ding doch haben!«

19

Bad Godesberg
Montag, 6. Oktober, 13 Uhr 45

Evchen öffnet die Tür einen Spalt breit und steckt den Kopf ins Zimmer. Sie schaut ihren Vater vorwurfsvoll an. Dann kommt sie herein, mit der Schultasche in der Hand.
»Marina und ich haben gestern den ganzen Tag auf dich gewartet«, beschwert sie sich. »Du hättest ja anrufen können, daß du nicht kommst.« Achtlos stellt sie die Schultasche ab.
Peter Brandon rekelt sich müde in dem braunen Ledersessel. Sein Haar ist zerzaust. Er streckt Evchen die Hand entgegen. Sie setzt sich auf seinen Schoß. Er riecht, daß sie Schokolade gegessen hat. Mit einem Kuß auf ihre Nasenspitze sagt er reumütig: »Es tut mir leid. Aber ich mußte zu einer Konferenz.«
»Wo warst du?«
»In München.«
»Da hättest du uns aber mitnehmen können«, mault sie und krault ihn im Nacken.
»Das war nicht möglich. Außerdem bin ich erst heute früh zurückgekommen.«
Sie rutscht von seinen Knien, schaltet das Radio an und kommt gleich wieder zu ihm zurück. Gerade wird Alan Parsons Project gespielt. Peter Brandon hatte die Platte in sei-

ner Sammlung. Er hört sie oft und hat Evchen die englischen Texte erklärt. Einige, die sie besonders gern mag, kann sie auswendig.
›Some other time‹ erklingt. Evchens helle Stimme nimmt die melancholische, verlorene Melodie von Alan Parsons auf, und Brandons weicher Bariton fällt leise ein.
Als das Stück zu Ende ist, schiebt er seine Tochter von den Knien und steht auf. Er schaltet das Radio aus.
»Was ist mit dir, Papi?« Ihre rauchgrauen Augen sehen ihn fragend an. »Du willst mir doch was sagen, stimmt's?«
»Du hast recht. Ich muß für einige Zeit verreisen. Wann ich wiederkomme, weiß ich noch nicht.«
»Aber Papi, du kommst doch wieder? Du läßt mich doch nicht allein?«
»Dummes Zeug. Du weißt doch, daß ich schon oft verreisen mußte. Bin ich etwa nicht jedesmal zurückgekommen? Außerdem bist du nicht allein. Rosa ist da und sorgt für dich. Und Marina kommt heute. Sie bleibt, bis ich wieder da bin.«
Leise singt sie vor sich hin: »*Some other place, somewhere, some other time.*«
Peter Brandon muß sich abwenden. Er geht zum Telefon. »Ab jetzt! Marsch, in die Küche, frag Rosa, ob das Essen bald fertig ist. Ich muß inzwischen noch einen Anruf machen.«
Als Evchen die Tür hinter sich geschlossen hat, wählt er eine Heidelberger Nummer. Es klingelt dreimal, bevor abgehoben wird.
»Hallo«, meldet sich eine Männerstimme.
»Colonel Atkins?«
»Am Apparat«, antwortet Atkins kurz angebunden.
»Hier spricht Peter Brandon. Wir haben vor einiger Zeit miteinander auf der Hardthöhe gesprochen. Vielleicht erinnern Sie sich. Tut mir leid, daß ich Sie zu Hause stören muß, aber es geht um eine dringende Sache, die keinen Aufschub duldet. Können wir uns irgendwo in Heidelberg treffen?«

»Im Moment kommt mir das recht ungelegen. Worum geht's denn?« fragt Atkins unwirsch.
»Am Telefon kann ich darüber schlecht sprechen«, wehrt Brandon ab. »Ich muß Sie um ein Gespräch unter vier Augen bitten. Nur eines, Colonel« – Brandon legt eine Pause ein – »es steht viel auf dem Spiel – für Sie und Ihre Familie.«
Es ist still in der Leitung, als sei die Verbindung unterbrochen.
»Hallo«, ruft Brandon. »Sind Sie noch da, Colonel? Hören Sie mich?«
»Also gut«, meldet sich Atkins endlich wieder. »Wann und wo?«
»Wenn es Ihnen paßt, um 19 Uhr 30 in den Hahnhof-Weinstuben am Fischmarkt.«
»Okay«, ist alles, was Brandon noch hört. Atkins hat aufgelegt.

Nach dem Mittagessen packt Peter Brandon seinen großen Koffer, den er immer mitnimmt, wenn er eine längere Reise vorhat. Er beauftragt seine Haushälterin Rosa, eine stämmige, betuliche Mittfünfzigerin, während seiner Abwesenheit gut auf seine Tochter aufzupassen, diesmal würde er länger unterwegs sein.
Als er zum Wagen geht, hakt sich Evchen bei ihm ein. Er legt sein Gepäck in den Kofferraum und schlägt den Deckel zu. Dann beugt er sich noch einmal zu Evchen, nimmt sie in die Arme und gibt ihr einen Abschiedskuß.
Das Mädchen klammert sich einen Augenblick an seinen Vater und schaut ihm in die Augen. »Wenn ich später mal heirate, muß mein Mann so sein wie du«, sagt Evchen im Brustton der Überzeugung. »Aber wenn er verreist, dann fahre ich bestimmt jedesmal mit!«
»Dann kann ich nur hoffen, daß du einen Mann findest, der

einen anderen Beruf hat als ich«, antwortet Brandon lächelnd. Er steigt ein, startet und fährt langsam an. Er winkt aus dem geöffneten Seitenfenster und sieht im Rückspiegel, daß sie ihr Taschentuch schwenkt, bis er abbiegen muß.
Um Viertel nach sieben betritt Peter Brandon die Hahnhof-Weinstuben – ein altes Fachwerkhaus an der Heilig-Geist-Kirche in Heidelberg. In der halbgetäfelten, rustikalen Pfälzer Weinstube sucht er nach einem ruhigen Platz, bestellt ›Sauerkraut und Würstle‹, eine Spezialität des Hauses, und ein ›Viertele‹ Weißwein. Vorher hat er sich im Hotel ›Roter Hahn‹ einquartiert, weil er sich über Atkins' Schritte an Ort und Stelle auf dem laufenden halten will.
Atkins trifft kurz nach halb acht ein. Er trägt eine graue Flanellhose und ein weißes Hemd mit englischem Klubschlips zum dunkelblauen Blazer. Einen Moment verharrt er an der Tür und sieht sich suchend um. Brandon, der die Tür beobachtet hat, steht auf und winkt ihm zu. Er bleibt stehen, bis der Colonel an seinen Tisch kommt. Mein Gott, sieht der Mann gebrochen aus, denkt Brandon. Kein Wunder, nach allem, was er durchmacht.
Atkins begrüßt ihn knapp.
»Was darf ich Ihnen bestellen?« fragt Brandon, nachdem sie sich gesetzt haben.
»Irgend etwas.« Atkins hebt gleichgültig eine Schulter. »Ein Bier tut's.« Er schaut auf seine Armbanduhr und spielt nervös mit den Pappuntersetzern. »Vielleicht können wir gleich zur Sache kommen, Mr. Brandon. Meine Frau ist krank, ich möchte sie nicht lange allein lassen.«
»Das tut mir leid«, sagt Brandon bedauernd. »Ich werde Sie nicht lange aufhalten. Aber wie ich schon am Telefon andeutete, geht es um eine dringende Sache. Mir wurden nämlich von einem V-Mann des BND wichtige Informationen zugespielt, die ich Ihnen nicht vorenthalten darf. Und zwar, Sie müssen damit rechnen, daß die Ustaša einen An-

schlag vorbereitet, der sich gegen Sie oder Ihre Familie richten soll. Man will auf diese Weise Pershing-Unterlagen von Ihnen erpressen.«

Atkins mahlt mit dem Kiefer. »Und – wer ist das? Ustaša?« fragt er betont gelassen.

»Eine rechtsradikale jugoslawische Untergrundorganisation, die gegen den Kommunismus arbeitet. Meinem Informanten zufolge will sie das Regime in ihrer Heimat mit den Pershing-Unterlagen über deren Elektronik unter Druck setzen.«

»Blödsinn«, sagt Atkins wegwerfend. »Was soll das? Mit derartigen Unterlagen könnten diese Leute nicht das geringste anfangen. Da müßten sie erst mal die Pershing haben, denn ohne die könnten sie die Unterlagen in den Mülleimer werfen.«

»Aber anscheinend will die Ustaša mit den Unterlagen irgendeinen Bluff vom Stapel lassen.«

»Haben Sie diese Information bereits auf dem dienstlichen Weg weitergeleitet, Mr. Brandon?« erkundigt sich Atkins angespannt.

»Nein, noch nicht. Ich hielt es für besser, Sie als ersten zu unterrichten. Schließlich sind Sie für die Pershing-Basen in der Bundesrepublik und damit für deren Sicherheit verantwortlich. Alle diesbezüglichen Entscheidungen muß ich Ihnen überlassen. Noch dazu ist die Drohung in erster Linie gegen Sie und Ihre Familie gerichtet.«

Atkins trinkt hastig einen Schluck und knickt ein paar Bierdeckel in der Mitte durch. »Aus Sicherheitsgründen muß ich Sie darauf hinweisen, daß eine Weitergabe dieser Information katastrophale Folgen nach sich ziehen könnte«, sagte er eindringlich.

Mit hochgezogener Augenbraue täuscht Peter Brandon Erstaunen vor.

»Wenn auch nur das geringste durchsickert, sind möglicherweise unsere Gegenmaßnahmen im voraus zum Scheitern verurteilt. Es dürfte Ihnen ja bekannt sein, daß BND und MAD von Ostagenten durchsetzt sind«, fühlt sich Atkins bemüßigt zu erklären. »Ganz davon abgesehen könnten andere antiamerikanische Organisationen von dieser Idee Wind bekommen und sie selbst aufgreifen. Ich muß Sie also ernstlich –«

»Nicht nötig, Colonel Atkins«, unterbricht ihn Brandon. »Ich werde selbstverständlich schweigen, schon Ihretwegen.«

Atkins sieht erneut auf die Uhr. »So leid es mir tut, Mr. Brandon, aber ich muß mich jetzt verabschieden. Seien Sie versichert, daß ich Ihre Warnung sehr zu schätzen weiß und Ihnen dafür dankbar bin.« Er steht auf. Doch Brandon hält ihn zurück.

»Noch eine Frage«, sagt er. »Ist eigentlich etwas dran an dem Gerücht, daß die Sowjets seit längerem Unterlagen über das Computer-Navigationsprogramm der Pershing 2 in Händen haben sollen?«

Atkins sieht Brandon sprachlos an und setzt sich wieder. Zum erstenmal seit Beginn der Unterredung zeigt sein erschöpftes, verbittertes Gesicht eine Regung. Überraschung.

»Das muß eine Ente sein. Davon ist mir nichts bekannt.«

»Meinen Informationen zufolge gibt es bei Ihnen oder bei der Marietta Corporation einen Maulwurf, der dem KGB die Unterlagen zugespielt haben soll.«

»Wir werden die Sache untersuchen.« Atkins steht wieder auf und gibt Brandon zum Abschied die Hand.

Dieser trinkt noch einen Schoppen, bevor er die gemütliche Weinstube verläßt. Er schlendert zur Hauptstraße, bleibt hin und wieder vor einem Schaufenster stehen, betrachtet alte Stiche, Schmuck, Antiquitäten, Kaschmirpullover, Heimcomputer und HiFi-Anlagen. Dann geht er weiter,

den Burgweg hinauf. Es ist eine ruhige, schöne Herbstnacht. Über ihm liegt das Heidelberger Schloß im gelben Flutlicht. Plötzlich ist er im Merianweg. Langsam läuft er weiter bis zu der kleinen Jugendstilvilla. Nur aus einem Fenster im ersten Stock fällt Licht in die Herbstnacht.
Er wird die Kassette herausrücken, denkt Brandon. Feliks hat recht gehabt.

20

Frankfurt Flughafen
Sonnabend, 11. Oktober, 15 Uhr 40

Lionel Atkins holt am Lufthansaschalter seine Flugkarte ab und gibt sein Gepäck für den Flug LH 298 nach Venedig auf. Anschließend trinkt er mit seiner Frau noch einen Kaffee im Warteraum der Abflughalle.
»Fahr vorsichtig zurück, Sue, und nimm dich zusammen«, bittet er. »Ich werde alles dransetzen, so schnell wie möglich mit Oliver heimzukommen. Vom Hotel aus melde ich mich. Und rühr unter keinen Umständen Alkohol an. Versprich mir das.«
Susan Atkins nickt stumm.
»Es ist sinnlos, noch länger hierzubleiben«, sagt er, als sein Flug aufgerufen wird. »Fahr jetzt nach Hause.«
Sie umarmen sich wortlos, und sie blickt ihm nach, bis er durch die Paßkontrolle gegangen ist. Dann verläßt sie die Abflughalle.
Auch Peter Brandon wartet, bis Atkins eingecheckt hat, und geht anschließend zur Flughafenpost, um in Venedig anzurufen.
»Peter hier«, sagt er. »Hör zu, Alessandro. Laß alles stehen und liegen und mach dich auf die Socken zum Flughafen. Um 17 Uhr 45 trifft die LH 298 aus Frankfurt ein. Es ist ein Amerikaner an Bord – Colonel Lionel Atkins. Hast du ver-

standen? – Gut! Hefte dich an seine Fersen. Ich muß wissen, in welchem Hotel er in Venedig absteigt. Atkins ist ein großer, hagerer Typ, hat schon etwas schütteres, graumeliertes Haar. Er trägt eine hellbraune Hose und ein dunkelbraunes Sportsakko und hat einen hellen Regenmantel, einen braunen Koffer und schwarzen Aktenkoffer dabei. Laß deine Verbindungen bei der Paßkontrolle spielen, das macht es für dich leichter. Ich treffe im Laufe der Nacht in Venedig ein und rufe dich sofort an.« Brandon lauscht ein paar Sekunden in den Hörer und sagt schließlich: »Okay. Bis morgen. Ciao.«

Die Maschine setzt pünktlich auf der Landebahn des Aeroporto Marco Polo auf. Atkins bringt die Paßkontrolle hinter sich, holt seinen Koffer, passiert den Zoll und besteigt zusammen mit anderen Passagieren einen Flughafenbus, der sie nach Venedig bringt.

Als der Bus den Ponte della Libertà überquert, sieht Atkins die Kuppeln, Türme und Dächer der Lagunenstadt vor sich liegen. Sie sind in eine Palette von Gelbtönen getaucht. Darüber wölbt sich der dunsttrübe Abendhimmel in dunklem Ocker. Das Wasser der Lagune schillert in öligen Farben.

Es sieht so unwirklich aus, denkt Atkins, wie die Fata Morgana einer Märchenstadt. Aber alles ist nur zu real. Genau wie mein Hiersein und Olivers Entführung bittere Wahrheit sind. Hoffentlich lebt er noch.

Der Bus fährt bis zum Piazzale Roma. Von hier aus nimmt Atkins eine Motorgondel zum Rialto. Er erkundigt sich bei dem Gondoliere nach dem *Hotel Cristina*, denn dort hat er ein Zimmer gebucht. Es dauert einen Moment, bis ihn der Italiener verstanden hat.

»Calle Mazzini – *a destra*«, sagt er und läßt einen Wortschwall folgen, den der Amerikaner nicht versteht.

Atkins findet das *Cristina* schließlich in einer Seitengasse der Calle Mazzini. Es ist ein intimes Hotel. Die kleine Empfangshalle in hellem Marmor ist mit einem weinroten Teppich ausgelegt. Ein prachtvoller venezianischer Lüster hängt von der goldverzierten Stuckdecke und verstreut gleißendes Licht.

An der Rezeption wird Atkins von einer rassigen Italienerin in mittleren Jahren und etwas scharfen Gesichtszügen begrüßt.

»Mein Name ist Atkins. Ich habe ein Zimmer reservieren lassen«, sagt er.

Während sich ihre Lippen zu einem verbindlichen Lächeln verziehen und ihre Augen indifferent dreinschauen, geht sie die Reservierungsliste durch. »Richtig. Mr. Lionel Atkins«, sagt sie kopfnickend. »Würden Sie sich bitte eintragen.« Sie schiebt ihm ein Formular hin. »Zimmer 24.« Sie winkt dem Pagen, der am Lift steht, und gibt ihm den Schlüssel. »Übrigens, wenn Sie essen möchten, Mr. Atkins, unser Restaurant hat sich mit seinen venezianischen Spezialitäten einen Namen gemacht.«

Atkins läßt sich zum zweiten Stock hinauffahren und vom Pagen in sein Zimmer führen. Wieder allein, geht er zum Fenster und blickt in die Dämmerung. Unter ihm, von einer hohen Mauer umgeben, liegt ein stiller Garten. Mit dem weißen Marmorbrunnen, den Skulpturen, schwarzen Zypressen und Sträuchern wirkt er wie ein Friedhof auf Atkins. Wie ›Die Toteninsel‹ von Böcklin, denkt er und zieht die Vorhänge zu. Ich gehe besser nach unten und esse etwas, beschließt er.

Im Restaurant ist kein Tisch mehr frei.

»Macht es Ihnen etwas aus, dort drüben Platz zu nehmen?« fragt der Oberkellner höflich und deutet diskret auf einen Tisch, an dem ein einzelner Herr, etwa Mitte der Sechzig, sitzt. »Oder ist es Ihnen lieber, an der Bar auf einen freien Tisch zu warten?«

»Nein, lieber nicht. Wenn es dem Herrn nichts ausmacht, setze ich mich an seinen Tisch«, antwortet Atkins.
Der Kellner geht voraus und spricht ein paar Worte mit dem Herrn im dunklen Anzug. Dann legt er noch ein Gedeck auf. Als Atkins sich setzt, erwidert der Fremde erfreut seinen Gruß.
In der Mitte des Restaurants steht ein riesiger Tisch mit den erlesensten Antipasti – Meeresfrüchte, diverse, auf Eis gelagerte frische Fische, Schüsseln mit Salaten, Käseplatten, Dessert- und Früchteschalen. Überall sind Topfpflanzen arrangiert, und auf den aprikosenfarbenen Tischdecken schimmert das Tafelsilber im Kerzenlicht. Die Gäste unterhalten sich angeregt, im Hintergrund spielt dezente Musik. Es riecht nach Oregano, Thymian, Knoblauch und frisch geriebenem Parmesan. Ein Kellner legt Atkins die Karte vor.
»Heute können wir ›Castrato in umido alla Venezia‹ besonders empfehlen«, sagt er.
»Entschuldigen Sie, wenn ich mich einmische«, läßt sich der Herr mit dem dunklen Anzug vernehmen. Er spricht englisch mit deutschem Akzent. »Aber dieses Lammragout auf venezianische Art ist wirklich wunderbar!« Dabei glitzern seine wasserblauen Augen in einem Kranz von Falten.
»Also Lammragout und einen trockenen Rotwein«, bestellt Atkins und nimmt sein Gegenüber genauer in Augenschein. Über der Wurzel seiner kräftigen Nase hat der Mann eine tiefe Querfalte, die wie eingemeißelt wirkt. Das feine, leicht wellige Haar ist von unbestimmter Farbe. Es konnte ebenso weißblond wie silbrig sein.
Der Fremde entnimmt seiner Brusttasche eine Visitenkarte und überreicht sie Atkins. »Gestatten Sie, daß ich mich vorstelle«, sagt er und beugt sich leicht über den Tisch. »Reinhard Grewe, vom Deutschen Fernsehen, Abteilung Kultur. Ich bin Chefredakteur. Wir sind gerade dabei, eine Serie

über deutsche Adelshäuser zu drehen – über den Hochadel«, fügt er vertraulich hinzu.
»In Venedig?« fragt Atkins geistesabwesend.
»Aber nein, natürlich nicht. Mit Venedig erfülle ich mir einen lang gehegten, persönlichen Wunsch«, erwidert Grewe. »Ich hatte seit Jahren vor, einmal allein ein paar Tage im Herbst in dieser unbeschreiblich schönen Stadt zu verbringen. Jetzt ist es soweit!« Tief durch die Nase saugt er Luft in die Lungen. »Haben Sie den Film ›Tod in Venedig‹ gesehen?«
»Nein«, antwortet Atkins wortkarg und steckt die Visitenkarte nach kurzem Zögern wohlerzogen ein. Dessen Sorgen möchte ich auch haben, denkt er.
»Ein hinreißender Film«, sagt Grewe mit verklärtem Gesicht. »Dieser Tadzio... Ich verehre Thomas Mann, Fontane, Storm und Gottfried Benn. Hier in Venedig kann ich mich meiner Lieblingsliteratur endlich wieder einmal ungestört widmen.«
Der Kellner serviert das Lammragout mit Polenta. Während Atkins das vorzügliche Gericht lustlos verzehrt, erzählt ihm Grewe, daß er im Zweiten Weltkrieg unter Rommel in Nordafrika gekämpft hat und dann in amerikanische Gefangenschaft geriet.
»Wo leben Sie eigentlich?« fragt er Atkins.
»In Deutschland«, antwortet Atkins ohne weiteren Kommentar.
»Dann müssen Sie mich unbedingt besuchen«, sagt Grewe. Er greift nach einer Visitenkarte und erinnert sich, daß er Atkins bereits eine gegeben hat. »Meine Adresse haben Sie ja.«
Atkins ist unruhig. Er muß an die frische Luft, will allein sein. Er läßt die Rechnung auf sein Zimmer schreiben und verabschiedet sich von Grewe, der sichtlich enttäuscht ist, daß er schon geht.

Lionel Atkins verläßt das Hotel und taucht in die Schlagschatten der schmalen Gasse ein. Aus den Lichtinseln der Gaslaternen schreitet er immer wieder in neue Dunkelheit. Er steigt Treppen hinauf, überquert Brücken, geht Treppen hinunter, steht unversehens auf kleinen, schwach erleuchteten Plätzen.
Die Stadt scheint menschenleer. In Wogen kommt der Geruch – der Gestank – von Fäulnis, Unrat und Abwässern auf ihn zu. In der Schwärze schmaler Gäßchen raschelt es – Ratten. Hinter sich hört er das Echo von Schritten. Jemand folgt mir, denkt Atkins und bleibt stehen. Als er sich umdreht, sind die Schritte verstummt. Er geht weiter. Schneller. Wieder folgen ihm hallende Schritte. Er wendet sich um, sieht nichts. Eine nie gekannte Klaustrophobie ergreift von ihm Besitz, erschwert ihm das Atmen. Wieder steht er auf einem Platz, versucht, sich zu orientieren. Er hat sich verlaufen. Er irrt durch die Gassen, bis er irgendwo Stimmen hört. Ihrem Klang folgend, trifft er auf eine Gruppe von Männern vor einem versteckten Weinlokal. Sie weisen ihm den Weg. Er ist ganz in der Nähe seines Hotels und muß im Kreis gelaufen sein. Als er das *Cristina* wieder betritt, denkt Atkins: morgen. Morgen entscheidet sich alles.

21

Venedig
Sonntag, 12. Oktober, 8 Uhr

Lionel Atkins ist früh aufgestanden. Er hat kaum geschlafen, und als er endlich eingedöst ist, haben ihn die Kirchenglocken wieder geweckt.
Er steht am Fenster. Wieder fällt sein Blick in den Garten hinunter, der ihm am Vorabend so unheimlich erschienen war. Jetzt liegt er da, in sanftgoldenes Morgenlicht getaucht. Die bei Einbruch der Nacht so gespenstischen Marmorstatuen von Orazio Marinali, die sich zwischen kerzengeraden Zypressen erheben, strahlen nun eine lebensfrohe Dekadenz aus, die hohen Mauern vermitteln Intimität und Sicherheit.
Atkins nimmt seinen schwarzen Aktenkoffer und fährt mit dem Lift hinunter zum Frühstücksraum. Hastig trinkt er eine Tasse Kaffee und erkundigt sich dann bei der Rezeption nach dem Weg zum Colleoni-Reiterstandbild.
»Sie möchten zum Campo Santi Giovanni e Paolo«, sagt die Empfangsdame sachlich. »Von hier aus ist der Weg nicht ganz einfach. Ich werde ihn für Sie auf dem Stadtplan markieren. Danach können Sie sich richten. Sie müssen in Richtung Bürgerhospital laufen. Am besten fragen Sie unterwegs nach dem *Ospedale civile,* es liegt auch dort.«
Atkins bedankt sich, nimmt den Stadtplan und macht sich

auf den Weg. Er will etwas früher an Ort und Stelle sein – vor neun Uhr, damit er sich noch umschauen kann.
Nur wenige Touristen spazieren durch die Gassen, an den endlosen Reihen der kleinen, geschlossenen Läden vorbei. Immer wieder muß Atkins stehenbleiben, um die Namen der Gassen mit dem Stadtplan zu vergleichen.
Auf den Kanälen, vorbei an ziegelroten oder schmutziggrauen Fassaden verfallender gotischer und Renaissance-Paläste rauschen Motorboote. Von steinernen Brücken streift Atkins' Blick schwarze Gondeln. Wie Leichenwagen gleiten sie über das Wasser, das die Farbe ausgehobener Gräber hat.
Wie bereits in der vergangenen Nacht wird Atkins auch jetzt das Gefühl nicht los, beobachtet zu werden. Doch wann immer er suchend umherblickt, es fällt ihm niemand auf. Wieder hat er die Treppen einer Brücke hinter sich gebracht, läuft weiter und steht plötzlich am Rand des Platzes mit dem Colleoni-Denkmal. Dahinter ragt der Backsteinbau der Gruftkirche auf, wo viele Dogen zur letzten Ruhe gebettet liegen – die Kirche Santi Giovanni e Paolo.
Atkins schaut auf die Uhr. Es ist Viertel vor neun. Er bleibt am Rand des gepflasterten Platzes stehen und blickt ringsum. Vor dem Marmorportal der Kirche unterhalten sich ein paar Leute. Links von der Kirche erfassen seine Augen die reichverzierte Frührenaissance-Fassade des Hospitals. Am Colleoni-Denkmal hält sich niemand auf. Von seinem stolzen Roß scheint der venezianische Söldnerführer Bartolomeo Colleoni zu ihm trutzig herüberzuschauen.
Atkins zieht sich in den Schatten eines Hauses zurück und wartet bis kurz vor neun. Unentwegt beobachtet er die Zugänge zum Platz und das Denkmal. Doch die wenigen Passanten sind ganz offensichtlich Einheimische oder Touristen.
Zwei Minuten vor neun geht er zum Reiterstandbild hin-

über und stellt sich vor die eisernen Gitterstäbe der Denkmaleinfassung. Jeden, der den Platz betritt oder überquert, sieht er erwartungsvoll prüfend an. Inzwischen ist es schon fünf Minuten nach neun Uhr. Von Sekunde zu Sekunde wird Atkins unruhiger. Er bemerkt zwar einen etwa fünfzehnjährigen Jungen, schenkt ihm aber weiter keine Beachtung. Plötzlich steht der Junge vor ihm.
»Colonello Atkins?« fragt er.
»*Si*«, antwortet Atkins erstaunt.
Blitzschnell zieht der Halbwüchsige einen weißen Umschlag aus der Jackentasche und drückt ihn Atkins in die Hand. Er rennt weg, bevor ihn der Amerikaner aufhalten kann.
Hastig reißt Atkins den Umschlag auf und liest:

WIR UND IHR SOHN ERWARTEN SIE HEUTE UM 14 UHR 30 IN DER WALLFAHRTSKIRCHE VON MONTE BERICO BEI VICENZA

Die Druckbuchstaben sind mit einem Kugelschreiber flüchtig auf einen einfachen weißen Zettel geschrieben.
Atkins kocht vor Wut. Diese verdammten Schweine! denkt er. Sie treiben ihr sadistisches Spiel mit mir. Zähneknirschend macht er sich auf den Rückweg zum Hotel.
An der Rezeption erkundigt er sich bei der Empfangsdame, wo er umgehend einen Mietwagen bekommen könne. Nach ein paar Anrufen hat sie arrangiert, daß er in einer guten Stunde am Piazzale Roma einen Fiat abholen kann. Sie gibt ihm einen Zettel mit dem Namen und der Adresse der Mietwagenfirma.

22

Vicenza
Sonntag, 12. Oktober, 14 Uhr

Der Nachhall einer Melodie von Macht und Abenteuer, der Staatsgesang des venezianischen Kolonialreichs durch die Jahrhunderte, ist in Vicenza noch immer nicht verklungen. Eingehüllt in magischen Farbendunst, präsentiert sich die Stadt luftig und weich, poetisch und malerisch. Die Paläste sind zu Stein gewordene Träume. Und der Mann, der diese eigenwilligen Traumvisionen erträumt hat, heißt Palladio. Er ließ hier sakrale und weltliche Bauten erstehen, verband klassische Formstrenge mit blühender Üppigkeit, Lebensfülle und sinnlicher Heiterkeit.
Atkins hat kein Auge für die Schönheit seiner Umgebung. Er nimmt die Figuren an den Dachrändern nicht wahr, die selbst den Himmel ermuntern, heiter zu sein. Er sieht nicht die Gestalten, die Fackeln tragen, Hämmer heben, Blumen streuen, Hörner blasen und mit stürmischer Grazie die Wolken zu lenken scheinen. Nicht einmal die Basilika auf der Piazza dei Signori würdigt er eines Blickes und hält lediglich an, um sich nach dem Weg zur Wallfahrtskirche von Monte Berico zu erkundigen. Dann folgt er einer Straße, die ihn in die Hügel oberhalb von Vicenza führt, bis er schließlich einen weitläufigen Platz erreicht.
Es ist 14 Uhr 20. Über einer breiten Freitreppe erblickt er

den schweren, kuppelgekrönten Barockbau – die Basilica di Monte Berico, hoch über Vicenza. Einer Legende zufolge soll die Madonna für die Beendigung der Pest ein Denkmal erbeten haben, darum wurde die Wallfahrtskirche zum Dank erbaut.
Atkins parkt den Fiat und nimmt seinen Aktenkoffer. Er läuft die wenigen Schritte vom Parkplatz zu der Schutzmauer vor dem Abhang am Ende des Kirchenvorplatzes und wirft einen Blick auf die Stadt unten im Tal – auf die weichen Ocker- und Rottöne von Dächern und Gebäuden. Weit in der Ferne zeichnet sich die Silhouette der Voralpen ab.
Atkins wendet sich um. Er überquert das helle Pflaster des leeren Platzes. Keine Menschenseele weit und breit. Sein Wagen steht als einziger auf dem Parkplatz. Hoffentlich kommen sie diesmal, denkt er besorgt, mit Oliver! Er steigt die vielen flachen Stufen zur Wallfahrtskirche hinauf, öffnet das wuchtige Portal und tritt in die dämmrige Kirche ein. Ganz vorn kniet eine alte Frau. Sonst ist die Kirche menschenleer.
Er nimmt den Mittelgang zum Hochaltar und setzt sich weiter vorn auf eine Bank, den schwarzen Aktenkoffer auf den Knien. Die ›Beweinung Christi‹ zieht seinen Blick auf sich. Versunken betrachtet er das ergreifende Gemälde. Dann schreckt er auf, schaut auf seine Armbanduhr. Es ist genau halb drei. Im gleichen Augenblick hört Atkins, daß die Kirchentür geöffnet wird. Er dreht sich um. Gegen das Tageslicht zeichnen sich die Umrisse dreier Männer ab. Die Tür fällt mit einem dumpfen Laut ins Schloß. Zwei der Männer bleiben hinten stehen, während der dritte – Rudkow – durch den Mittelgang auf ihn zukommt. Er setzt sich neben Atkins.
»Haben Sie die Kassette und die Unterlagen, Colonel?« fragt er leise, während er geradeaus auf den Hochaltar blickt.

»Wo ist mein Sohn? Ohne Oliver läuft nichts.«
»Sobald wir Kassette und Unterlagen auf ihre Echtheit überprüft haben, erhalten Sie ihn zurück.«
»Zuerst will ich meinen Sohn sehen. Sofort. Ohne Oliver keine Pershing-Kassette!«
Mit einem Ruck dreht sich Rudkow zu Atkins und drückt ihm eine großkalibrige Pistole in die Seite. »Keine Mätzchen!« zischt er. »Rücken Sie augenblicklich die Unterlagen raus!« Spöttisch mustern seine gelbschimmernden Augen den Amerikaner.
»Ohne Oliver? Da kommt ein kleines Problem auf Sie zu«, sagt Atkins mühsam beherrscht. »Wie Sie sehen, läßt sich der Koffer nur mit einem bestimmten Zahlencode öffnen.« Er deutet auf das Digitalschloß. »Zusätzlich habe ich noch eine andere Sicherheitsmaßnahme parat. Unterlagen und Kassette sind natürlich hier drin.« Atkins klopft auf seinen Aktenkoffer. »Aber auch eine Sprengladung. Jeder unqualifizierte Versuch, den Koffer zu öffnen, löst eine Explosion aus. Sie können es einfacher haben: Meinen Sohn gegen den Zahlencode!«
»Sie bluffen.« Rudkow verzieht höhnisch das Gesicht.
»Probieren Sie es«, antwortet Atkins eiskalt.
»Raus hier«, faucht Rudkow und rammt dem Amerikaner den Lauf in die Rippen. »Aufstehen!«
Er schiebt Atkins vor sich her bis zum Portal, wo die zwei bulligen Typen in zu eng wirkenden dunklen Anzügen warten. Sie drängen Atkins zum Portal hinaus, auf das Podest vor der Treppe. Hier reißt Rudkow Atkins blitzschnell den Koffer aus der Hand. Atkins schnellt herum, stößt die beiden Typen zur Seite und will sich, rasend vor Wut, auf Rudkow stürzen. Der hebt gelassen die Pistole. Doch bevor er abdrücken kann, bellt ein Schuß. Rudkow wankt, fällt getroffen ein paar Stufen hinunter und bleibt liegen. Wieder zerreißt ein Schuß die Stille. Einer von Rudkows Komplizen

rutscht mit aufgerissener Schädeldecke Stufe für Stufe die Treppe hinab und bleibt unten liegen. Atkins hechtet nach der Pistole, die dem Toten aus der Hand geglitten ist, rollt gleichzeitig herum und feuert auf Rudkows zweiten KGB-Kumpanen, der selbst auf jemanden unten auf dem Platz schießt. Atkins hat sein Ziel nicht verfehlt. Der bullige Mann bricht tot zusammen. Sein Kopf hängt von der obersten Stufe herunter, aus Mund und Nase quillt Blut.
Jetzt erkennt Atkins den Mann, der die Treppe heraufkommt, Peter Brandon. Er ist es, dem er sein Leben zu verdanken hat. Als er sich über Rudkow beugt, kommt dieser gerade wieder zu sich. Brandons Streifschuß hat ihn eine Weile außer Gefecht gesetzt. Über die linke Gesichtshälfte bis zur Schläfe zieht sich eine lange, blutige Furche. Brandon hält die Waffe auf ihn gerichtet.
Rudkow kneift die Augen zusammen, als er ihn erkennt. »Also habe ich mich doch nicht geirrt. Hab' immer geahnt, daß mit Ihnen was faul ist!« In seiner Stimme vermischen sich grenzenloser Haß mit leichter Genugtuung, daß ihn sein Instinkt nicht getrogen hat. »Sie haben also jahrelang ein Doppelspiel getrieben!«
Atkins, der die paar Stufen hinuntergegangen ist und zuhört, glaubt, seinen Ohren nicht trauen zu können.
»Ein Doppelspiel?« Brandon zieht aus seiner Jackentasche ein Glasröhrchen mit einer roten Flüssigkeit. »Da muß ich Sie enttäuschen, GRU-Major Nikolaij Rudkow«, sagt er gelassen. »Ich war immer nur für den NATO-Geheimdienst tätig. Aber damit Sie endlich wissen, mit wem Sie es zu tun haben: Ich bin Oberst des NIS (NATO Intelligence Service).«
»KGB – GRU«, schreit Atkins aufgebracht dazwischen. »Wo ist mein Sohn?«
»Verlieren Sie nicht die Nerven, Colonel Atkins. Überlassen Sie das mir«, ruft ihm Brandon zu.

»Also, raus mit der Sprache. Wo ist der Junge?«
»Du verdammter Hundesohn! Leck mich doch am Arsch!« brüllt Rudkow.
»Halten Sie ihn mit der Pistole in Schach, Colonel.« Brandon steckt seine Waffe weg und öffnet vorsichtig das Glasröhrchen. »Rate mal, was ich hier habe, Rudkow. Oder soll ich Feliks sagen? Das Blut eines AIDS-Kranken«, sagt er genießerisch. »Ich habe es mir speziell für dich aus einer Uni-Klinik besorgt. Und wenn du mir nicht auf der Stelle sagst, wo ihr den Jungen versteckt habt, gieße ich dir das Blut mit dem AIDS-Erreger in deine schöne offene Wunde!« Brandon hält das Röhrchen genau über die Schußverletzung und neigt es langsam. »Rühr dich nicht, Rudkow, sonst kriegst du umgehend die volle Ladung ab.«
Rudkow liegt wie gelähmt da. Seine gelben Augen werden vor Entsetzen dunkel.
»Nein – nicht das – erschieß mich lieber«, stößt er in panischer Angst heraus.
Wenn Rudkow wirklich etwas fürchtet, dann ansteckende Krankheiten. AIDS ist für ihn die absolute Horrorvision. Wie hypnotisiert starrt er auf den Rand des Glasröhrchens, wo sich langsam ein Tropfen bildet.
»Der Junge ist in der Villa Felice oberhalb von Costozza«, preßt er durch die Zähne.
»Und was habt ihr Schweine mit der Pershing-Kassette vor?« bohrt Brandon gnadenlos weiter.
Rudkows Augen scheinen sich an dem dicken Blutstropfen festzusaugen. Jeden Moment kann er ihm in die Wunde fallen. Der Gedanke an AIDS löst ihm die Zunge.
»Kassette soll umprogrammiert werden, um in Mutlangen einen Fehlstart mit Nuklearexplosion auszulösen«, stammelt er.
»Das ist es also!« Grinsend leert Brandon das Fläschchen in Rudkows klaffende Wunde.

Der schreit erstickt auf und rollt sich über die Treppe weg von Brandon.
»Du hast dich umsonst echauffiert, Rudkow. Für dich war mir Schweineblut gerade gut genug«, sagt Brandon verächtlich.
Und dann hält Rudkow plötzlich seine Waffe in der Hand. Sie muß hinter ihm auf den Stufen gelegen haben.
Brandon fühlt einen brennenden Schmerz am linken Oberarm. Fast gleichzeitig mit Rudkow hat auch Atkins gefeuert. Er hat Rudkow nicht eine Sekunde aus den Augen gelassen. Seine Kugel zerreißt dem Russen die Halsschlagader und zerschmettert ihm einen Halswirbel. Kopfüber stürzt Rudkow die Treppe hinunter, bleibt auf der letzten Stufe liegen und starrt mit gebrochenen Augen zum Himmel.
»Schnell weg hier«, ruft Brandon Atkins zu. »Und vergessen Sie Ihren Aktenkoffer nicht. Fahren Sie mir nach. Jetzt holen wir Ihren Sohn!«

23

Costozza
Sonntag, 12. Oktober, 15 Uhr 40

Peter Brandon fährt auf einer schmalen Landstraße, die sich in südlicher Richtung durch die Hügelkette der Monti Berici schlängelt. Lionel Atkins folgt ihm in kurzem Abstand. Schließlich halten sie vor der Weinschenke auf dem kleinen Dorfplatz von Costozza. Sie parken die Wagen und sehen von der anderer Straßenseite in einen alten Park mit einer von unzähligen Statuen gesäumten Treppe, die zum Schloß der Grafen Schio hinaufführt.

»Irgendwo da oben in den Hügeln muß die Villa Felice liegen«, sagt Brandon. »Am besten erkundigen wir uns hier.«

»Zuerst werde ich Ihre Wunde versorgen, Peter. Haben Sie Verbandszeug im Wagen?«

»Sicher. Aber die kleine Schramme ist nicht der Rede wert.«

»Schramme dürfte leicht untertrieben sein. Ihr Ärmel ist durchgeblutet. In Ihrem Wagen werde ich mir die Verletzung anschauen.«

In Brandons BMW hilft ihm Atkins aus der Jacke, schneidet den linken Hemdsärmel an der Armkugel ab und versorgt sachkundig den Streifschuß, der Brandon den linken Oberarm aufgerissen hat.

»Ich grüble die ganze Zeit darüber nach, wie Sie von der Entführung wissen konnten«, sagt Atkins, während er den Verband anlegt. »Ganz zu schweigen von dem Treffen mit den Kagebetschiks in der Wallfahrtskirche. Ich habe bis heute morgen kurz nach neun selber noch nichts davon gewußt.«
»Seit unserer Unterredung in Heidelberg habe ich Sie nicht mehr aus den Augen gelassen«, sagt Brandon lächelnd. »Und in Venedig am Flugplatz hat einer unserer V-Männer übernommen. Er ist Ihnen auch bei Ihrem nächtlichen Spaziergang in Venedig gefolgt. Heute früh war ich dann selbst auf dem Plan und habe mich an Sie angehängt.
Von der Entführung Ihres Sohnes hat mich Rudkow informiert. Aber da war es schon zu spät. Zudem hätte ich nichts unternehmen können, ohne meine Identität und jahrelange wertvolle Arbeit preiszugeben.«
»Sie kannten diesen Rudkow schon lange, wenn ich mich nicht irre?«
»Seit Jahren. Er war Top-Agent vom GRU, intelligent und rücksichtslos. Sein Spitzname war ›Der Marder‹. Ich hatte öfter mit ihm zu tun – auf seiner Seite, wie er glaubte und wie das KGB hoffentlich immer noch glaubt. Da fällt mir Ihr Aktenkoffer ein. Haben Sie wirklich eine echte Pershing-Kassette und die entsprechenden Unterlagen da drin?!«
Atkins verklebt den Verband zum Schluß mit Heftpflaster. »Nein«, sagt er. »Oder haben Sie das tatsächlich angenommen? Unsere Computerspezialisten haben drei volle Tage gebraucht, um eine glaubwürdige Fälschung für Ihre ›Ustaša‹ herzustellen, mit der kein Schaden angerichtet werden kann.«
Brandon sieht ihn überrascht an. »Das heißt, Sie haben Ihr HQ von der Entführung unterrichtet?«
»Natürlich. Nach langem Überlegen – gegen den Willen meiner Frau und trotz des Risikos für meinen Sohn. Meine Dienststelle wurde von mir restlos über alles aufgeklärt, und

alle Schritte meinerseits geschahen im Einverständnis mit dem HQ.«

Brandon legt seine blutverschmierte Jacke in den Kofferraum und holt eine andere aus seinem Gepäck. »Am besten fahren wir jetzt zusammen in meinem Wagen weiter«, ruft er Atkins zu, der zu dem Fiat gegangen war. »Lassen Sie das Mietauto hier stehen – und bringen Sie Ihren Aktenkoffer mit, mir ist da eine Idee gekommen. Ich bin gleich wieder da, frage da drin mal nach der Villa Felice.« Brandon betritt die Weinschenke. Als er zurückkommt, sitzt Atkins bereits auf dem Beifahrersitz des BMW.

»Die Villa liegt etwa drei Kilometer von hier entfernt«, sagt Brandon beim Einsteigen und startet. »Dort vorn müssen wir rechts abbiegen. Die Straße führt in die Hügel hinauf.«

Es ist eine helle Stuckvilla hinter einer hohen, weißen Mauer. Am schmiedeeisernen Tor steht in vergoldeten Buchstaben ›Felice‹. Langsam rollt Brandon an dem Anwesen vorbei und hält hinter der nächsten Biegung.

»Ich muß allein hineingehen, hoffentlich verstehen Sie das, Lionel. Aber für Ihren Sohn muß jedes Risiko vermieden werden. Bei denen bin ich unter dem Decknamen Hagen ein Begriff. Auf diese Weise möchte ich mir Zutritt verschaffen. Wenn ich in zwanzig Minuten nicht wieder hier bin, ist etwas schiefgelaufen.«

»Mir bleibt ja wohl kaum etwas anderes übrig, als mich Ihren Argumenten zu beugen«, sagt Atkins mühsam beherrscht. »Holen Sie meinen Sohn da raus, Peter«, fügt er leise hinzu.

»Ich werde tun, was ich kann, Lionel. Behalten Sie jetzt die Nerven.«

Brandon nimmt den schwarzen Aktenkoffer und geht damit zurück zum Tor der Villa. Der Briefkasten neben der Eingangspforte hat kein Namensschild. Eine Klingel ist auch

nicht zu sehen. Diese Burschen vom GRU oder KGB haben für absolute Anonymität gesorgt, denkt Brandon. Dann macht er sich an der Pforte zu schaffen. Plötzlich summt das Schloß. Brandon kann die Pforte aufstoßen. Im Haus hatte jemand auf den elektrischen Türöffner gedrückt. Man hat ihn also beobachtet.
Ein Pfad aus Natursteinplatten führt zum Haus. Brandon hat ihn zur Hälfte zurückgelegt, als er das bösartige Knurren von Hunden hört. Zwei gefährlich aussehende Doggen brechen aus dem Gebüsch. Die größten, die er jemals gesehen hat. Sie stellen sich ihm zähnefletschend in den Weg. Das hat mir gerade noch gefehlt, denkt Brandon. Ich kann nicht zum Haus und auch nicht zum Tor zurück. Und bevor ich zum Schießen komme, haben mich die Biester zerfetzt.
Auf ein scharfes Kommando vom Haus her legen sich die Hunde neben dem Steinpfad auf den Rasen. Die Haustür steht offen, ein vierschrötiger Mann mit sandfarbenem Haar steht unter dem Türrahmen.
»Ich bin Hagen«, ruft ihm Brandon in russischer Sprache zu, während seine Augen zwischen dem Mann und den Hunden hin und her wandern.
»Sie sind allein?« fragt der Russe erstaunt. »Wo sind die andern?« Scharf beobachtet er den Eindringling. »Nähern Sie sich mir langsam!«
Brandon kommt der Aufforderung nach. Die Doggen folgen ihm auf dem Fuß. »Was, zum Teufel, soll das?« fragt er wütend.
»Stehenbleiben! Auf der Stelle!«
Brandon verhält knapp zwei Meter vor dem Russen den Schritt.
»Sie haben doch wohl nichts einzuwenden?« fragt dieser herausfordernd.
»Ich bin kaum in der Lage, Einwände zu machen«, antwortet Brandon. »Gegen Hundehaare bin ich allergisch!«

»Man muß stets mit Gegnern rechnen«, sagt der Russe keineswegs entschuldigend. »Würden Sie die Güte haben, den Koffer abzustellen und die Pfoten hochzunehmen.«
Der Mann hat kalte, blaßblaue Augen unter farblosen Wimpern. Er zieht seine Pistole aus dem Schulterhalfter und richtet sie auf Brandon. »Ins Haus«, befiehlt er und nimmt den Aktenkoffer an sich. Die Hunde traben in den Park zurück, als er die Haustür schließt.
»Was soll der Zirkus?« empört sich Brandon. »Ich bin Hagen. Das hab' ich doch schon mal gesagt!«
»Das weiß ich, und es ist mir gleichgültig. Wo sind die anderen?«
»Tot«, brüllt ihn Brandon an. »Sind diesem verdammten Atkins in die Falle gelaufen.«
»Aber Sie leben noch.« Seine Stimme trieft vor Ironie.
»Wie Sie sehen. Ich konnte mit den Unterlagen gerade noch entwischen.« Brandon deutet auf den Aktenkoffer in der linken Hand des Russen. Er nutzt den Sekundenbruchteil aus, in dem der Russe einen Blick auf den Koffer wirft. Brandons Fußspitze trifft die Hand, in der dieser die Pistole hält, mit unglaublicher Wucht am Gelenk. Die Waffe fliegt in hohem Bogen durch die Luft und schlittert über den roten Marmorboden in eine Ecke der Eingangshalle.
Der Getroffene brüllt auf, schmettert Brandon den Aktenkoffer an die Schläfe und schreit einen Namen. Auf der Galerie oben taucht ein Mann mit einer Maschinenpistole auf, beugt sich über das Geländer und will abdrücken, doch der Russe unten steht in der Schußlinie. Brandon zieht seine Waffe und feuert. Getroffen stürzt der Mann mit der Maschinenpistole über das Geländer und schlägt auf den Marmorboden auf. Bevor Brandon sich seinem ersten Gegner wieder zuwenden kann, schlägt der ihm mit einem Karateschlag die Pistole aus der Hand. Der nächste Handkantenschlag trifft Brandon seitlich am Hals. Ihm wird schwarz vor

Augen. Benommen stürzt er zu Boden. Mit einem Schritt ist der Russe über ihm, hebt den Fuß, um ihm die Kehle zu zermalmen. Brandon erwischt im letzten Moment mit beiden Händen seinen Schuh, dreht sich blitzschnell um die eigene Achse und reißt seinen Gegner dabei um. Der knallt der Länge nach hin. Brandon ignoriert die heftigen Schmerzen in seinem linken Oberarm und schnellt sich zu dem Russen, der in einer Seitenrolle nach der Maschinenpistole neben seinem toten Genossen angelt. Bevor er sie ergreifen kann, ist Brandon auf den Beinen und kickt sie weg.
Draußen peitschen zwei Schüsse.
Auch der Russe steht wieder. Und bevor Brandon sich dukken kann, landet auf seinem rechten Backenknochen ein Fausthieb wie von einem Dampfhammer. In einer Reflexbewegung tritt er den Russen in den Unterleib. Der geht in die Knie, krümmt sich vor Schmerzen und wälzt sich stöhnend am Boden. Brandon bückt sich nach seiner Waffe und sieht aus den Augenwinkeln, daß der Russe gerade die Maschinenpistole an sich zieht. Brandon feuert sofort. Der Körper des Russen zuckt noch ein paarmal, dann ist er tot.
Brandon rennt die Treppe hinauf und tritt eine Tür nach der anderen auf. Die fünfte ist zugeschlossen, aber der Schlüssel steckt außen. Bevor er sie aufschließen kann, fallen unten zwei Schüsse. Er läuft zur Galerie zurück und erblickt zu seiner Erleichterung Atkins mit der Pistole in der Hand. Um ins Haus zu gelangen, hat er das Türschloß zerschossen.
»Hier oben, kommen Sie rauf, Lionel«, ruft ihm Brandon zu. Dann geht er zurück und öffnet die abgeschlossene Tür.
Auf dem Bett sitzt Oliver, schmal und blaß. Mit verängstigten Augen sieht er auf den Fremden im Türrahmen.
»Vor mir brauchst du dich nicht zu fürchten, Oliver«, sagt Brandon beruhigend und steckt die Waffe weg. »Ich bin ein Freund deines Vaters. Jetzt wird alles wieder gut.«

In dem Moment betritt Atkins das Zimmer. Mit drei Schritten ist er bei seinem Sohn, der sich nicht zu rühren vermag. Der Junge steht unter Schock. Wortlos hebt Atkins ihn auf und schließt ihn fest in die Arme.
Peter Brandon verläßt das Zimmer und zieht sachte die Tür hinter sich zu.
Während Atkins sich mit seinem Sohn beschäftigt, durchsucht Brandon systematisch die Villa. Von einem Fenster im Erdgeschoß sieht er, daß die beiden Doggen tot auf dem Rasen liegen. Atkins mußte sie erschossen haben.
Brandon durchsucht jeden Winkel des Gebäudes bis zum Dachgeschoß, stößt aber auf nichts Auffälliges. Nun bleibt nur noch der Keller übrig. Mit der Waffe im Anschlag geht er vorsichtig die Kellertreppe hinunter. Doch in den verschiedenen Kellerräumen stehen nur Kisten, Weinfässer, Tische, eine Werkzeugbank, Koffer, ausrangierte Möbel und ein gefülltes Weinregal.
Ratlos schaut sich Brandon um. Dann klopft er mit dem Pistolengriff eine Wand nach der anderen ab. Sie klingen alle massiv, bis auf die hinter dem Weinregal. Er rüttelt daran. Flaschen klirren – sonst bewegt sich nichts. Er versucht, das Regal nach links und rechts zu verschieben. Es rührt sich nicht von der Stelle. Schließlich nimmt Brandon an der oberen Abschlußleiste des Regals einen kaum erkennbaren Vorsprung wahr. Als er daran zieht, rastet die Vorsprungleiste nach unten ein und das Weinregal schwingt rechts um Mannesbreite nach vorn. Brandon ist einen Schritt zurückgetreten. Durch den Spalt erblickt er eine schwere, mit einem eingearbeiteten Sicherheitsschloß versehene Stahltür.
Brandon überlegt einen Augenblick, dann geht er wieder nach oben. Nachdem er Sekretäre und Schubladen im ganzen Haus vergeblich nach dem Sicherheitsschlüssel durchsucht hat, wendet er sich den Toten zu. Er findet den Schlüssel bei dem Mann, der ihn empfangen hat.

Wieder im Keller, schließt Brandon die Stahltür auf. Rechts dahinter ist ein Lichtschalter. Als die Beleuchtung aufflammt, sieht er einen langen, ausbetonierten Gang vor sich, der bergab führt.
Es ist wohl sein Instinkt, der ihn warnt, einfach den Gang hinunterzulaufen. Aufmerksam sieht er sich die Wände an. Etwa fünf Schritte vor ihm fallen ihm rechts und links in den Wänden etwa einen Meter über dem Boden Vertiefungen auf, die auf Lichtschranken oder Infrarotsensoren hinweisen.
Hübsche Falle, denkt Brandon. Ist natürlich mit einer Sprengladung gekoppelt. Wenn ich da einfach durchgelatscht wäre, hätte es eine gewaltige Explosion gegeben.
Er legt sich auf den Boden und robbt unter der unsichtbaren Schranke durch. Dann folgt er dem Gang, bis er auf eine ovale Stahltür stößt – die Schleusentür eines ABC-Bunkers. Er öffnet sie. Der Bunker ist geräumig. Betten stehen darin, Lebensmittel für viele Monate sind gestapelt. Es gibt Schutzanzüge, Uniformen, Waffen, Munition, Sprengstoff, Funkgeräte, Arzneimittel. In Kisten liegen Banknoten der verschiedensten Währungen, dazu Pässe und Ausweise, Wagenpapiere und Nummernschilder. Hinter dem Gitter des Lüftungsschachts entdeckt Brandon schließlich noch ein schmales Geheimfach. Aus den darin verwahrten Unterlagen ersieht er, daß die Villa Eigentum der sowjetischen GRU-Spezialeinheit Speznas ist. Zudem findet er eine Liste wichtiger, zu eliminierender Persönlichkeiten. Brandon steckt den Fund ein und geht wieder hinauf in die Eingangshalle.
Atkins und Oliver kommen gerade die Treppe vom ersten Stock herunter.
»Ich hab' mich schon gewundert, wo Sie stecken, Peter«, sagt Atkins.
»Habe inzwischen das Nest hier vom Dach bis zum Keller

inspiziert«, antwortet Brandon. »Der Laden gehört dem GRU.«
»Ich konnte Ihnen bisher noch nicht einmal danken.« Atkins geht auf Brandon zu. »Was Sie für mich getan haben, kann ich in meinem ganzen Leben nicht wieder gutmachen.«
Peter Brandon winkt ab. »Kommen Sie, wir gehen in den Salon«, sagt er mit einem Blick auf den Jungen und die Toten am Boden.
»Dad, sind die wirklich tot?« fragt Oliver mit leichter Genugtuung. »Hast du sie erschossen?«
»Nein. Die hat Colonel Brandon erledigt, um dich hier rauszuholen. Komm, schau nicht hin.«
»Aber ohne deinen Dad wäre ich jetzt tot«, wirft Brandon ein.
Im Salon sieht Atkins das Telefon.
»Gott sei Dank«, sagt er. »Jetzt kann ich endlich meine Frau anrufen. Sie wird außer sich sein, weil sie bisher noch nichts gehört hat.« Er wählt wieder und wieder, bis die Verbindung endlich zustande kommt und er Susans verängstigte Stimme hört. »Ich bin's, Darling«, sagt er schnell. »Oliver steht gesund neben mir. Du brauchst keine Angst mehr zu haben.« Er lauscht einen Moment in den Hörer. »Wirklich, Sue. Hier, sprich mit ihm.« Er gibt Oliver den Hörer.
»Hallo, Mum, mir geht's gut. Wein doch nicht«, versucht er seine Mutter zu trösten, während ihm die Tränen über die Wangen kullern. Atkins nimmt ihm den Hörer aus der Hand. »Wir kommen morgen mit der ersten Maschine, Sue. Hol uns vom Flugplatz ab.« Er legt auf.
»Es wird Zeit, daß wir verschwinden«, drängt Brandon. »Hier ist der Wagenschlüssel. Gehen Sie schon voraus mit dem Jungen.«
»Sie kommen nicht mit?« fragt Atkins erstaunt.
»Ich habe noch eine Kleinigkeit zu erledigen.«

In der Halle hebt Atkins seinen Aktenkoffer vom Boden auf und verläßt mit Oliver die Villa.
Brandon geht noch einmal in den Keller hinunter. Nach zehn Minuten verläßt er fluchtartig das Grundstück und rennt zum Wagen. Er springt hinein und fährt mit Vollgas los.
»Sie sind ja gerannt, als wäre Ihnen der Teufel auf den Fersen.« Atkins sieht Brandon fragend an.
»Die ganze Hölle«, antwortet Brandon schmunzelnd.
»Ich bin ja gespannt, was Sie ausgetüftelt haben.«
»Das werden Sie gleich merken.« Brandon bleibt auf der Höhe stehen.
Ein ganzes Stück unter ihnen liegt die Villa Felice in der Spätnachmittagssonne. Plötzlich wird sie von einer furchtbaren Explosion auseinandergerissen. Kleinere Detonationen folgen, Stichflammen schießen in die Luft, Rauch steigt auf.
Mit zufriedenem Grinsen fährt Peter Brandon wieder an.

24

Mons, SHAPE (Oberkommando der Alliierten Streitkräfte in Europa)
Mittwoch, 15. Oktober, 10 Uhr

»Riskant! Der Vorschlag von Colonel Brandon erscheint mir verdammt riskant«, sagt der Oberbefehlshaber der NATO, lehnt sich zurück und sieht über seine Brille hinweg die fünf Männer am Konferenztisch der Reihe nach forschend an: den rothaarigen englischen General William Francis, Chef vom NIS; den Stellvertretenden CIA-Direktor Dennis Hume, untersetzt und Mitte der Fünfzig; General Robert Th. Cartland vom US-Hauptquartier in Heidelberg; danach den stattlichen bundesdeutschen General Friedhelm Wagner und schließlich Colonel Lionel Atkins.
In dem kleinen Konferenzraum sind die blauen Vorhänge geschlossen, und durch die indirekte Beleuchtung herrscht in dem Raum eine angenehme Atmosphäre. Die Teilnehmer der kurzfristig anberaumten Besprechung haben Kaffeetassen und Wassergläser vor sich.
Am Fußende des Tisches ist eine Karte aufgestellt mit dem Standort des 41. US-Feldartillerie-Regiments, der dazugehörigen Hardtkaserne und der näheren Umgebung von Mutlangen.
»Das Risiko hängt allein davon ab, wie gut die geplante Falle funktioniert«, greift General Cartland die Bemerkung des

Oberbefehlshabers der NATO auf und stopft seine Dunhill. »Gehen wir das Ganze doch noch einmal durch.« Er wendet sich an Atkins. »Würden Sie die Einzelheiten des Plans vortragen, Colonel.«
Atkins steht auf und geht zur Karte. »An und für sich ist das Vorhaben leicht durchführbar«, beginnt er. »Und eigentlich dürfte auch nichts schiefgehen. – Wie Sie bereits wissen, gibt es im Heidelberger HQ einen KGB-Maulwurf, den wir unter Kontrolle haben. Dieser Major Brownburg soll dem KGB die Information zuspielen, daß am 7. November eine Pershing für einen Übungseinsatz außerhalb der Mutlanger Basis in Stellung gebracht wird. Hier, auf diesem Waldweg.« Atkins fährt mit dem Zeigefinger um eine rote Markierung auf der Karte. »Wir können natürlich nicht sicher damit rechnen, ob die Sowjets diesen Termin wahrnehmen werden. Aber Colonel Brandon wird ihnen in Moskau dieses Datum schmackhaft machen, indem er behauptet, daß die nächste Einsatzübung außerhalb der Basis frühestens in einem halben Jahr vorgesehen ist. Wenn sie es eilig haben, beißen sie an.«
»Das KGB muß übergeschnappt sein, eine derartig hirnverbrannte Aktion überhaupt durchführen zu wollen. Wenn ich an die politischen Konsequenzen denke...«, General Wagner schüttelt den Kopf. »Ich kann's nicht glauben.«
»Dann dürfen Sie auch nicht glauben, daß sie meinen Sohn entführt haben, um mich wegen der Pershing-Kassette zu erpressen, General«, sagt Atkins und fährt fort: »Der Waldweg hat drei Zufahrten für den Forstbetrieb. Bei dem Übungseinsatz am 7. November werden sie von MP-Posten scharf bewacht, wie immer in solchen Fällen.«
Hier unterbricht Dennis Hume.
»Uns wurde über unseren Mann in der Ersten KGB-Hauptverwaltung die Information zugespielt, daß der ›Fehlstart‹ der Pershing von vierzehn Speznas-Spezialisten durchge-

führt werden soll«, sagt er nachdrücklich. »Die Burschen werden in amerikanischen Kampfanzügen auftauchen und mit ID-Karten ausgerüstet sein.«

»Habe ich richtig verstanden, Sie haben einen Maulwurf in der Ersten KGB-Hauptverwaltung?« fragt General Wagner verständnislos.

»Ja, seit Jahren«, bestätigt General Francis mit Genugtuung. »Es ist der KGB-Führungsoffizier von Colonel Brandon, der in der Ersten Hauptverwaltung für Sonderagenten zuständig ist. Der Mann hat natürlich auch nur zu bestimmten Informationen Zugang. Und wir dürfen nichts – aber auch gar nichts riskieren, um ihn zu exponieren.«

»Zur Sache, meine Herren«, unterbricht der Oberbefehlshaber. »Ich habe heute noch ein paar wichtige Termine. Bitte fahren Sie fort, Colonel Atkins.«

»Die MP-Posten erhalten den Befehl, die Saboteure ungehindert passieren zu lassen«, nimmt Atkins den Faden wieder auf. »Im übrigen gehen wir mit ziemlicher Sicherheit davon aus, daß die Speznas-Leute den Auftrag haben, die MPs keinesfalls zu eliminieren, um den Schein zu wahren, daß der geplante Abschuß der Pershing auf ein Versagen der US-Mannschaft zurückzuführen ist. Tote MPs oder überhaupt tote Amerikaner stünden einer sowjetischen Desinformationskampagne in diesem Fall nur im Weg.«

»Aber auf irgendeine Art müssen die Saboteure die Pershing-Mannschaft ja schließlich ausschalten, wenn sie zum Ziel kommen wollen«, wirft General Wagner ein.

»Wahrscheinlich operieren sie mit Betäubungsbolzen oder -gas«, sagt General Francis.

»Wir werden um die Stellung der Pershing Scharfschützen postieren, in zwei Ringen. Den äußeren im Radius von 120 Metern, den inneren im Abstand von 50 Metern. Sobald die Speznas-Männer eingedrungen sind, schließen die Scharfschützen auf, und wir lassen die Falle zuschnappen. Das

wäre der Plan in groben Zügen.« Atkins setzt sich wieder auf seinen Platz.
»Dieser Colonel Brandon ist also zur Zeit in Moskau«, konstatiert der Oberbefehlshaber. »Und das KGB ist von seiner Glaubwürdigkeit überzeugt? Für mich stellt sich die Frage, ob ihm die Sowjets nach den Vorfällen in Vicenza und Costozza wirklich noch trauen.« Er sieht den Stellvertretenden CIA-Direktor skeptisch an. »Darin liegt für mich das Risiko für das Gelingen unserer Operation. Denn falls sie Verdacht geschöpft haben sollten, kalkulieren sie unter Umständen eine Falle ein.«
»Brandon wurde verwundet und ist sofort mit der Kassette und den Unterlagen von Venedig über Belgrad nach Moskau geflogen«, erwidert Hume und zündet sich eine Zigarette an. »Er hat eine glaubwürdige Geschichte parat, mit der er durchkommen müßte. Sollten die Sowjets allerdings Verdacht geschöpft haben, wäre nicht nur die von uns geplante Aktion ein Schlag ins Wasser, sondern auch unser Mann in der Ersten KGB-Hauptverwaltung würde auffliegen. Und das wäre noch viel schlimmer. Aber es hat wenig Zweck, sich darüber Gedanken zu machen, denn das Risiko sind wir ja ohnehin schon eingegangen.« Hume hebt die Schultern. »Auf der anderen Seite spielen uns die Sowjets mit diesem Speznas-Anschlag ein fabelhaftes politisches Druckmittel in die Hände. Deswegen bin ich auf jeden Fall dafür, die Speznas-Leute in die Falle zu locken.«
»Also gut.« Der Oberbefehlshaber steht auf. »Innerhalb von sechs Tagen müßten unsere Gegenmaßnahmen detailliert ausgearbeitet sein«, sagt er zu General Cartland. »Ich schlage daher vor, daß wir uns am kommenden Dienstag« – er wirft einen Blick in seinen Kalender – »um die gleiche Zeit hier zu einer Abschlußbesprechung treffen.« Er verabschiedet sich.
Beim Verlassen des Konferenzraumes hält der Stellvertre-

tende CIA-Direktor, Dennis Hume, den NIS-Chef, General Francis, zurück. »Einen Moment noch«, sagt er. »Brandon könnte für uns zum Problem werden, oder sind Sie anderer Ansicht?«
Francis sagt: »Sie denken an Jurij Kreschnatik.«
»So ist es. Ich fürchte, daß die Sowjets Brandon so oder so nicht mehr ganz über den Weg trauen. Und wenn unsere Falle in Mutlangen funktioniert, wird offensichtlich, daß er falschgespielt hat. Nach unseren Informationen soll Brandon an der Speznas-Aktion teilnehmen, angeblich für den ausgefallenen Rudkow.«
»Ein schlechtes Zeichen«, kommentiert der NIS-Chef.
»Wenn er da heil herauskommt, ist Kreschnatik geliefert!«
Der Stellvertretende CIA-Direktor fährt sich nervös durchs Haar. »Von Brandon ganz zu schweigen.«
»Ich verstehe!« General Francis sieht Hume scharf an. »Es gibt also nur eine Lösung, wir opfern Brandon für Kreschnatik. Das meinen Sie doch?«
Hume nickt. »Brandon darf auf keinen Fall überleben.«
»Bedauerlicherweise haben Sie recht«, stimmt ihm der Engländer zu. »Übrigens, meine Frau und ich geben heute abend eine kleine Party. Wir würden uns freuen, Sie zu sehen.«
»Ich komme gern. Danke für die Einladung«, sagt Hume.
»Dann bis heute abend.«

25

Moskau
Mittwoch, 29. Oktober, 16 Uhr

Peter Brandon sitzt mit vorgebeugtem Kopf auf der Pritsche. Sein linker Arm ist immer noch bandagiert, denn die Schußwunde hat sich entzündet.
Drei Tage nach seiner Ankunft in Moskau haben sie ihn in die kleine Zelle des Lefortowo-Gefängnisses, in der Innenstadt von Moskau, gesperrt. Und seitdem ist er fast täglich zum Verhör in die Lubjanka gebracht worden.
Dort hatte man die ehemaligen Gefängniszellen mittlerweile in winzige Büros umgewandelt. Die einstige Aufgabe der Lubjanka-Kerker, in denen früher die Schreie der Gefolterten und zum Tod Verurteilten zu hören gewesen waren, haben nun noch viel effizienter das Lefortowo-Gefängnis und Nervenheilanstalten übernommen.
Sie haben Peter Brandon bis auf Hemd und Hose alles abgenommen, selbst Gürtel, Strümpfe und Schuhe. Die fensterlose Zelle ist stockdunkel, schalldicht und empfindlich kalt. Die grausam monotonen Tage werden nur durch die Essenszeiten und die Verhöre unterbrochen. Sie wollen mich durch Psychoterror zermürben, denkt Peter Brandon bitter, durch sensorische Leere. Trotzdem hat er sich gut gehalten. Immer wieder hat er ihnen dieselbe Geschichte erzählt und Fangfragen oder Unterstellungen geschickt abgewehrt. Was

seine prekäre Situation angeht, hat er nicht die geringsten Illusionen. Auch wenn sie ihm nicht nachweisen können, welche Rolle er in all den Jahren gespielt hat, besteht kein Zweifel über ihren Argwohn gegen ihn. Am meisten beunruhigt ihn die Computer-Kassette mit den Unterlagen. Denn er kann nicht beurteilen, wie gut und überzeugend sie präpariert worden sind. Entweder ist das KGB schon dahintergekommen oder die Leute bluffen nur. Wenn er das nur wüßte... Jedenfalls muß er sich strikt an seine Geschichte halten – komme, was da wolle. Allzu schwierig ist das ja nicht. Denn er hat Wahrheit, Halbwahrheit und ein Minimum an Unwahrheit zu einem Kunstwerk verflochten und auswendig gelernt. So lange, bis er selbst daran glaubte und sie in seinem Unterbewußtsein haftete. Nun erlebt er die Geschichte sogar schon im Traum. Vor Wahrheitsdrogen oder dem Lügendetektor fürchtet er sich nicht mehr.

Brandon lehnt sich an die Wand und zieht die Füße auf die Pritsche. Wenn es nur nicht so kalt wäre! Er versucht, Beine und Füße mit den Händen warm zu reiben. Um sich abzulenken, stellt er sich seine Wohnung in Bad Godesberg vor, ihren warmen Komfort. Und dann taucht Evchen im Geist vor ihm auf. Er sieht, wie sie ihm zum Abschied nachwinkt. Was geschieht mit ihr, wenn ich hier nicht mehr herauskomme, denkt er. Ich muß – ihretwegen!

Die Zellentür wird aufgeschlossen. Die trübe Birne flammt auf. Brandons entzündete Augen müssen sich erst eine Weile an das Licht gewöhnen, bevor er sehen kann.

Der Gefängniswärter wirft ihm seine Socken, die Schuhe, den Gürtel und die Jacke hin. »Anziehen«, schnauzt er.

Das ist neu, denkt Peter Brandon. Sonst haben sie mir immer nur einen dreckigen alten Mantel hingeschmissen, und ich mußte barfuß zum Verhör.

Als er angezogen ist, nehmen ihn zwei Uniformierte in die Mitte und bringen ihn im Gefängnishof zu einer schwarzen

Wolga-Limousine mit verhängten Fenstern. Wieder einmal wird er zur Lubjanka, dem KGB-Hauptquartier, gebracht. Sie fahren mit dem Lift ins zweite Untergeschoß. Dort geht es auf abgetretenen roten Läufern durch schmuddelig grüne Korridore. Überall patrouillieren bewaffnete Posten. Der Betrieb erinnert Brandon an eine U-Bahn-Station. Endlich bleiben sie vor der Tür eines der unzähligen, kleinen Büros stehen. Einer von Brandons bewaffneten Begleitern klopft an. Auf das Kommando »Herein!« öffnet er die Tür und stößt Brandon in den Raum.
Hinter einem schäbigen alten Schreibtisch sitzt der KGB-Major mit dem glatten Gesicht und dem schütteren kurzen Haar. Er hat ihn schon oft verhört und spricht ein ausgezeichnetes Deutsch. Brandon fährt sich mit der Hand über die langen Bartstoppeln.
»Herr Brandon, erzählen Sie mir, was in Vicenza und Costozza vorgefallen ist.« Der Major lächelt breit.
Brandon muß gegen ein Schwindelgefühl ankämpfen. Das Schwein könnte mir wenigstens einen Stuhl anbieten, denkt er.
»Es ist skandalös, wie ich hier behandelt werde«, sagt er leise. »Eine Unverschämtheit! Das Ganze ist mir unverständlich. Seit ich hier in einem Ihrer Drecklöcher vegetieren muß, frage ich mich, wie Sie mit Ihren Feinden umgehen, wenn Sie schon Ihre sogenannten Freunde und Mitarbeiter wie Kriminelle behandeln.« Brandon verlagert sein Körpergewicht von einem Bein auf das andere.
»Ihre Geschichte!« wiederholt der KGB-Major und zündet sich eine Zigarette an.
»Die habe ich Ihnen schon wer weiß wie oft vorgekaut. Es gibt nichts Neues zu sagen.«
»Dann wiederholen Sie das Ganze eben noch einmal.«
»Feliks hatte mich beauftragt, Atkins beizubringen, daß die ›Ustaša‹ seinen Sohn entführen würde, um von ihm Per-

shing-Unterlagen und -Kassette zu erpressen. Ich dürfe Atkins nicht mehr aus den Augen lassen. Als er nach Venedig flog, bin ich ihm in meinem Wagen gefolgt. Ein Bekannter hat für mich in Erfahrung gebracht, daß Atkins im *Hotel Cristina* in Venedig abgestiegen war.«

»Wie heißt Ihr Bekannter?« unterbricht der Major.

»Immer noch Alessandro Lanuto. Er ist Restaurantbesitzer.«

»Weiter!«

»Ich habe gewartet, bis Atkins morgens das Hotel verließ, und bin ihm zum Colleoni-Denkmal nachgegangen. Ein Halbwüchsiger übergab ihm dort kurz nach neun einen Brief. Daraufhin ging Atkins wutentbrannt zum Hotel zurück und ließ sich dort einen Mietwagen bestellen. Vom Piazzale Roma bis nach Vicenza konnte ich ihm ohne Schwierigkeiten folgen. Aber im Stadtverkehr habe ich ihn dann aus den Augen verloren. Auf der Suche nach Atkins bin ich kreuz und quer gefahren und mehr aus Zufall auf die Straße zur Wallfahrtskirche geraten. Auf der Kirchentreppe lagen drei Männer. Ein Toter und zwei Schwerverletzte. Ich erkannte Feliks und ging auf ihn zu. Da schoß der andere auf mich. In einer Reflexbewegung zog ich meine Pistole und erschoß den Verletzten aus Notwehr. Er muß mich wohl als Gegner betrachtet haben. Jedenfalls habe ich ihm meinen Streifschuß zu verdanken.

Als ich mich dann um Feliks kümmerte, konnte er kaum sprechen. Er gab mir zu verstehen, daß Atkins kurz vorher mit den Unterlagen und der Kassette in einem schwarzen Aktenkoffer weggefahren sei. Feliks sagte, er hätte sich Atkins in der Kirche als Ustaša-Mann zu erkennen gegeben. Dieser habe ihn dann mit der Pistole überrumpelt und beim Verlassen der Kirche als Schild benutzt. Deswegen hätten die beiden Männer draußen nicht schießen können. Atkins habe die Gelegenheit wahrgenommen und auf beide Män-

ner gefeuert. Der dritte Schuß habe Feliks erwischt, als er sich zur Wehr setzen wollte. Nach seinen Worten hat Feliks das Versteck des Jungen an Atkins verraten, weil er damit rechnete, daß dort seine beiden Männer Atkins erledigen und den Aktenkoffer an sich bringen würden. Bevor er starb, hat er mich beauftragt, persönlich die Pershing-Kassette mit den Unterlagen von Costozza nach Moskau zu bringen.
Als ich bei der Villa ankam, war die Haustür offen«, erzählt Brandon weiter. »In der Halle lagen zwei Tote und daneben der Aktenkoffer. Als ich oben Stimmen hörte, lauschte ich einen Moment. Atkins sprach mit seinem Sohn. Ich nahm den Koffer an mich und machte mich aus dem Staub. Wie Sie wissen, flog ich von Venedig über Belgrad direkt nach Moskau. Das ist alles«, schließt Brandon erschöpft.
»Alles?« Der Major blättert in einer Akte auf dem Schreibtisch.
»Alles! Kann ich mich setzen?«
Der Major hebt den Kopf und blickt Brandon unverwandt an. »Bis auf eine Kleinigkeit. Die Explosion.«
»Wie oft soll ich Ihnen noch sagen, daß ich nichts davon weiß!« Der Major macht eine Kopfbewegung zur Wand. »Holen Sie sich den.«
Brandon nimmt den Stuhl an der Wand und stellt ihn vor den Schreibtisch. Er ist froh, daß er sich endlich setzen kann. Etwas ist anders als sonst, denkt er. Ich brauche hier nicht mehr barfuß herumzustehen und kann mich sogar hinsetzen; keine hinterhältigen Fragen – keine Unterstellungen. Was steckt dahinter?
»Noch eine Frage, Herr Brandon. Wie wollen Sie Ihrer Dienststelle in der BRD eigentlich Ihre Abwesenheit und die Reise nach Moskau plausibel machen?«
Die scheinen mir meine Geschichte abzukaufen. Hoffnung regt sich in Brandon. »Ich brauche mich für meine Abwesenheit nicht zu rechtfertigen«, sagt er. »Ich bin offiziell auf

Urlaub in Italien. Wenn ich meinen Reisepaß als gestohlen melde, kann mir mein Moskau-Aufenthalt nicht nachgewiesen werden.«
»Zigarette?« Der Major hält Brandon sein aufgeklapptes Etui hin, zum erstenmal.
Brandon notiert es mit innerer Genugtuung und lehnt ab.
»Ich bin Nichtraucher«, sagt er dankend. Entweder sie glauben mir tatsächlich oder sie haben sich eine Perfidie ausgedacht, grübelt er, ohne eine Miene zu verziehen.
»Ihre Geschichte klingt ja recht abenteuerlich, um nicht zu sagen, suspekt.« Der Major scheint von seinen makellosen Fingernägeln fasziniert zu sein. »Wir mußten in Erwägung ziehen, daß Sie gegen uns arbeiten.«
»Dann hätte ich Ihnen ja wohl kaum die Pershing-Kassette und die Unterlagen ausgeliefert«, antwortet Brandon barsch.
»Sie können getürkt sein...«
»Das glauben Sie doch wohl selber nicht. Oder wollen Sie mir weismachen, daß Ihre Spezialisten das Material noch nicht auf seine Echtheit hin überprüft haben?« Brandon sieht den Major spöttisch an. »Davon abgesehen stammt das Material von Atkins. Feliks hat es besorgt, nicht ich. Mein Auftrag lautete, es Ihnen zu überbringen, damit Sie Ihre Störelektronik entwickeln können.«
Brandon muß eine abwägende Musterung über sich ergehen lassen, bis sich der Major herabläßt zu sagen: »Wir haben Ihren Bericht überprüfen lassen. Danach könnten Sie die Wahrheit gesagt haben. Unter diesen Umständen bedauern wir natürlich, Ihnen Unannehmlichkeiten verursacht zu haben. Aber dem Risiko entsprechend hatten wir keine andere Wahl.«
»Vierzehn Tage Dunkelhaft – schwerer Kerker – sind bei Ihnen also ›Unannehmlichkeiten‹, Major«, sagt Brandon bitter. »Entwürdigung und degradierende Verhöre!«

»Wir mußten davon ausgehen, daß Sie ein Staatsfeind sind.« Der Major ist unbeeindruckt.
»Anscheinend haben Sie Ihre Meinung inzwischen geändert, sonst hätten Sie mir wohl kaum meine Schuhe, die Socken und den Gürtel aushändigen lassen«, bemerkt Brandon sarkastisch. »Sie haben doch nichts dagegen, wenn ich mit der nächsten Maschine nach Italien fliege.«
»Im Prinzip nicht.« Der KGB-Offizier zögert einen Moment. Was würde jetzt kommen? Brandon wartet beunruhigt. »Wir haben einen kleinen Ausflug für Sie im Sinn.« Der Major fixiert Brandon. »Nicht nach Sibirien«, sagt er schließlich mit einem Anflug von Humor. »Nur in den kapitalistischen Westen.«
Ohne Brandon Gelegenheit zu einer Frage zu geben, greift er zum Telefon und schnarrt in den Hörer: »Abholen.«
Fast umgehend erscheinen die beiden uniformierten Posten und bringen Brandon zu einem geräumigen Büro im zweiten Obergeschoß. Es ist luxuriös ausgestattet mit seiner erstklassig gearbeiteten Holztäfelung und wertvollen afghanischen Teppichen auf dem Parkettboden.
Einen kleinen Ausflug in den Westen? Während Brandon in dem Raum steht und wartet, geht ihm der Gedanke nicht mehr aus dem Kopf. Seine Augen wandern über den mit reichem Schnitzwerk versehenen Schreibtisch zum hohen Doppelfenster. Stoßweise fegt der Wind draußen große, nasse Flocken vorbei.
Die Tür in der Wandtäfelung geht auf. Ein Generalmajor steht im Rahmen. Der hochgewachsene Mittsechziger mit den Intellektuellenzügen raucht eine Zigarette aus einer silbernen Spitze.
»Mein lieber Hagen«, begrüßt er Brandon liebenswürdig in englischer Sprache. »Endlich habe ich Gelegenheit, Sie persönlich kennenzulernen.« Er geht auf Brandon zu.
»Die Gelegenheit hätten Sie bereits vor vierzehn Tagen

wahrnehmen können, General«, erwidert Brandon trokken.
Der General schenkt ihm einen bekümmerten Blick. »Höchst unerfreulich, diese Affäre!« Mißbilligend schüttelt er den Kopf. »Aber jetzt ist ja alles geklärt.« Mit einnehmendem Lächeln deutet er auf eine Sitzgruppe. »Ich kann nur hoffen, daß Sie nicht nachtragend sind. Ausgerechnet einem wertvollen Mitarbeiter wie Ihnen mußte ein derartiges Mißgeschick widerfahren.« Seine Stimme klingt warm. »Einen Wodka?«
Warum zieht er die Schau ab, überlegt Brandon krampfhaft, während der Generalmajor zwei kleine Silberbecher auf einem ziselierten, dazu passenden Tablett mit Wodka füllt.
»Dann, auf Ihr Wohl und weitere gute Zusammenarbeit.« Er prostet Brandon zu. »Major Rudkow ist ja nun tot.« Der General scheint laut zu denken und schaut dabei nachdenklich seine Zigarettenspitze an.
»Verzeihung, wer?«
»Rudkow!« Mit einem Ruck hebt der General den Kopf, sein Blick hält den von Brandon fest. »Sie wissen doch, daß Rudkow unter dem Decknamen Feliks arbeitete!«
»Feliks – Rudkow? Höre ich heute zum erstenmal.« Brandon hält dem Blick stand, ohne mit der Wimper zu zucken. »Schade, daß ich zu spät kam. Feliks war ein hervorragender Mann.«
Der General steckt erneut eine Zigarette in seine Spitze. Eine Camel, notiert Brandon. »Ich sehe mich gezwungen, Sie um eine Gefälligkeit zu bitten.« Der Augenausdruck des Generals ist betont offen. »Rudkow ist ja nun ausgefallen. Ich habe mir gedacht, daß Sie seinen Platz einnehmen bei einer kleinen Aktion.« Er hält sein Feuerzeug an die Zigarette.
»Bei welcher Aktion?« fragt Brandon interessiert.
Der General bleibt ihm die Antwort schuldig. »Sie werden

heute noch in die DDR geflogen«, sagt er statt dessen. »Dort erfahren Sie alles Weitere. Aber um Sie nicht ganz im unklaren zu lassen, Ihre Mission hängt mit den Pershing-Unterlagen zusammen.«
Das ist also die Perfidie – der Fehlstart, schießt es Brandon durch den Kopf. »Mein Urlaub geht zu Ende«, sagt er, um Zeit zu gewinnen, denn er muß wissen, was auf ihn zukommt. »Ich müßte umgehend über Italien in die Bundesrepublik zurückfliegen, um im Verteidigungsministerium keinen Verdacht aufkommen zu lassen«, gibt er zu bedenken.
»Machen Sie sich darüber keine Gedanken«, erhält er zur Antwort. »Nach dieser Aktion steht Ihrer Rückreise nichts mehr im Wege, und für ein glaubwürdiges Alibi werden wir schon sorgen. Sie werden jetzt in eine Wohnung gebracht, dort haben Sie vor dem Abflug noch Zeit, sich frisch zu machen und eine Mahlzeit zu sich zu nehmen.« Der General steht auf und drückt am Schreibtisch auf eine Telefontaste.
Jetzt weiß Brandon, daß seine Situation so gut wie aussichtslos ist.
General Suslikow wirft einen zufriedenen Blick auf die Tür, die sich hinter Brandon und den Wachposten geschlossen hat. Kurz darauf betritt GRU-Chef General Fedortschuk das Büro durch die Tür in der Wandtäfelung. Abrupt dreht sich Suslikow in seine Richtung.
»Dieser Brandon ist zum Risikofaktor für uns geworden. Du solltest veranlassen, daß er bei der Aktion in Mutlangen eliminiert wird. Er darf keinesfalls überleben.«

26

Mutlangen
Freitag, 7. November, 7 Uhr

Es ist ein naßkalter, grauer Novembermorgen. Schwere Tropfen fallen von den dunklen Nadelbäumen und dem bizarren Geäst der entblätterten Laubbäume auf den Waldboden. Nebelschwaden kriechen über das auf der Erde liegende rostbraune Laub. Über den Baumwipfeln stößt eine Krähe ihren langgezogenen Ruf aus.
Auf der Waldlichtung stehen US-Militärfahrzeuge – ein Jeep, ein Mannschaftswagen mit geschlossener Plane, ein Spezialfahrzeug mit einem großen Generator und dann der Zugwagen mit der fahrbaren Abschußrampe der Pershing 2. Wie ein lebloses Monster, das durch Energiezufuhr zum Leben erweckt werden muß, liegt die Rakete horizontal auf ihrer Rampe. Ganz in ihrer Nähe ist die Befehlszentrale – ein geschlossenes Fahrzeug mit den telemetrischen Kontrollgeräten.
Die Männer der US-Spezialeinheit tragen unter ihren Kampfanzügen kugelsichere Westen und orangefarbene Armbinden an beiden Oberarmen.
In der Befehlszentrale gibt Colonel Atkins mit leiser Stimme über Sprechfunk seine verschlüsselten Befehle an die Einsatzleiter der Scharfschützen und die MP-Posten durch: »Die Speznas nur im Notfall erschießen. Wir wollen

sie lebend«, wiederholt er noch einmal. Anschließend verläßt er die Befehlszentrale, das Sprechfunkgerät in der Hand.
An der Pershing scheinen sich seine Männer ganz normal mit dem Anschluß der Zuleitungskabel zu beschäftigen. Bei jedem gesprochenen Wort zeigt sich der Atem als weißer Hauch in der kalten Morgenluft.
Periodisch kommen die verschlüsselten Meldungen der MP-Posten über Sprechfunk bei Atkins an: »Bisher nichts Verdächtiges auszumachen.«
Sie müßten schon längst da sein, diese Hundesöhne, denkt Atkins. Wer weiß, ob der ganze Aufwand nicht umsonst ist. Vielleicht haben sie in Moskau aus Brandon die Wahrheit herausgefoltert und wissen längst über die Falle Bescheid. Ob Peter überhaupt noch lebte? Ihm ist in dieser schmutzigen Sache die gefährlichste und undankbarste Rolle zugefallen.
Eine erregte Stimme über Sprechfunk reißt ihn aus seinen Grübeleien: »An Charly eins. Hier Posten drei. US-Militärfahrzeug nähert sich. Das müssen sie sein.«
»Hier Charly eins. Ruhe bewahren, Posten drei! Fahrzeug anhalten und passieren lassen. Ende. – Hier Charly eins. An alle Einsatzleiter«, gibt Atkins umgehend durch. »Orange, orange. Ende.«
Wieder kommt eine Meldung. »Hier Posten drei an Charly eins. Fehlalarm. Ein verirrtes Manöverfahrzeug. Wurde zurückgeschickt. Ende.«
»Schweinerei!« erwidert Atkins. »An alle Einsatzleiter. Hier Charly eins. Fehlalarm. Blau. Ende.«
»Hier Posten zwei. An Charly eins«, meldet sich gleich darauf wieder eine Stimme. »US-Mannschaftswagen in Sicht. Ende.«
»Anhalten und passieren lassen, Posten zwei. Ende. An alle Einsatzleiter. Hier Charly eins. Orange, orange! Ende.«

»Einsatzleiter Abel zwei«, ertönt eine ruhige Stimme. »MP-Posten zwei wurden überwältigt und durch Gegner in MP-Uniformen ersetzt. Orange, orange. Feindfahrzeug ist weitergefahren. Ende.«
»Charly eins an Bravo eins. Ring schließen. Ende.«
»Abel eins an Charly eins. Orange soeben passiert. Ende.«
»Charly eins an Abel eins. Ring schließen. Ende.«
Atkins steckt sein Sprechfunkgerät griffbereit in die Brusttasche und blickt den Waldweg hinunter. Da kommt auch schon das mit Tarnfarbe angestrichene Militärfahrzeug. »Achtung, sie sind da«, warnt er seine Männer. Und dann geht alles sehr schnell.
Der Mannschaftswagen hält in der Mitte der Lichtung. Die Plane hinten wird zurückgeschlagen, Gasgranaten fliegen heraus und explodieren. Mit ihren Waffen in der Hand springen die Speznas in einem Satz vom Fahrzeug und verteilen sich. Bis auf einen, der unbewaffnet ist, tragen sie alle Gasmasken. Im Springen brüllt er über den Lärm hinweg: »Deckung! Betäubungsgas.« Atkins erkennt die Stimme von Peter Brandon sofort. Im Laufen schießt einer der Speznas zweimal auf den Mann, der keine Gasmaske trägt. Der bricht zusammen. Das ist Peter! Eisiger Schrecken durchfährt Atkins. Wie soll ich ihn bloß da herausholen? »Peter«, schreit er. Plötzlich schießen die Scharfschützen, ohne seinen Befehl abgewartet zu haben.
Es gelingt den Speznas zwar, Atkins' Leute an der Pershing außer Gefecht zu setzen. Drei sterben dabei, aber von den sechzehn Speznas in amerikanischen Kampfanzügen hat keiner eine Überlebenschance. Die Scharfschützen nehmen jeden aufs Korn, der keine orangefarbene Armbinde trägt. Auch die zwei als MP-Posten getarnten Speznas sind tot. Sie haben sich nicht kampflos ergeben.

Das erste, was er wahrnimmt, ist Schmerz. Und bei der kleinsten Bewegung werden die Schmerzen unerträglich. Als er schließlich die Augen öffnet, scheinen die weißen Wände und die Decke zu schaukeln. Oder schaukelt er selbst? Er ist unsagbar müde. Wie lange mag er wohl bewußtlos gewesen sein? Eine lange Zeit, sagt ihm sein Instinkt. Nicht nur Stunden, es müssen Tage und Nächte darüber vergangen sein. Aber wo ist er? In Moskau – in Bad Godesberg – in Italien? Er hat keine Ahnung.
Er grübelt, bis er bohrende Kopfschmerzen bekommt. Als er den rechten Arm unbewußt anhebt, durchfährt seine Schulter ein reißender Schmerz, von dem ihm fast übel wird. Sein Blick fällt auf das im Streckverband aufgehängte linke Bein. Und dann kommt ihm plötzlich die Erinnerung an Mutlangen. Der Schuß. – Krankenhaus. Er liegt in einem Krankenhaus. Er bemerkt die Tropfflasche und den Schlauch, der zu seiner Armvene führt. – Mutlangen! – Hat er tatsächlich überlebt?
In Bruchstücken rollt alles noch einmal vor seinem inneren Auge ab. In einem raffiniert präparierten DDR-Lastzug hatte er mit den Speznas die innerdeutsche Grenze bei Herleshausen überquert. Nicht weit hinter dem Grenzübergang waren sie auf einem einsamen Parkplatz in einen alten Bus umgestiegen. Nach etwa drei bis vier Stunden waren sie schließlich in einem stillgelegten Steinbruch in Hohenlohe, irgendwo bei Künzelsau, angekommen. In der lange nicht mehr benutzten Aufenthaltsbaracke hatten sie die Nacht verbracht.
Die Speznas hatten ihn abwechselnd bewacht und keine Sekunde aus den Augen gelassen. Eine Flucht war ausgeschlossen. Mit der für die Sabotageaktion benötigten Ausrüstung – einem US-Mannschaftswagen, Kampfanzügen, Helmen, Gasmasken, ID-Karten, Waffen, Munition und Betäubungsgranaten – war mitten in der Nacht ein Tscheche

aufgetaucht. Josef Parotschik. Er hatte erzählt, daß er vor Jahren als tschechischer Flüchtling in die Bundesrepublik gekommen war und als V-Mann für den tschechischen Geheimdienst und das KGB arbeite.
Am 7. November waren sie, als US-Soldaten getarnt, frühmorgens gegen fünf Uhr in Richtung Schwäbisch Gmünd aufgebrochen. Bei der Pershing im Wald hinter Mutlangen hatte es ihn dann erwischt. An mehr kann er sich nicht erinnern. Vor Erschöpfung schläft Peter Brandon ein.
Als er wieder erwacht, sitzt Lionel Atkins an seinem Bett.
»Na, wieder unter den Lebenden, Peter«, sagt er grinsend. »Sie haben sich ja ganz schön Zeit gelassen!«
»Wieso?« fragt Brandon schwach. »Bin ich denn schon so lange hier?«
»Fünf Tage. Und Sie haben verdammt Schwein gehabt, daß Sie durchgekommen sind. Ohne Ihre Bärennatur wären Sie tot.«
»Bin ich denn so schlimm dran?« fragt Brandon ungläubig.
»Na ja. Der Lungensteckschuß. Sie haben furchtbar viel Blut verloren. Die Kugel konnte Gott sei Dank ohne allzu große Schwierigkeiten entfernt werden. Dazu der Oberschenkelschuß. Und Ihr Streifschuß von Vicenza ist auch noch nicht abgeheilt. Aber in ein paar Wochen sind Sie sicher wieder auf den Beinen.«
»Wie bin ich eigentlich aus dem Schlamassel herausgekommen?«
»Als ich Ihre Warnung hörte, bin ich in den Befehlswagen gehechtet und habe mir eine Gasmaske übergezogen. Und nach dem schlimmsten Kugelhagel bin ich zu Ihnen gerobbt und habe Sie zum Wagen gezerrt, um Sie da herauszuholen. Mit einem Rettungshubschrauber ließ ich Sie hierher, in unser Militärkrankenhaus, bringen.«

»Und diese Speznas?«
»Alle bei der Aktion draufgegangen. Übrigens wird Sie interessieren, daß wir in dem Militärfahrzeug, mit dem sie aufgetaucht sind, eine neue Kassette für den Steuerungscomputer der Pershing 2 gefunden haben. Glänzende Arbeit. Wäre gefährlich geworden, wenn meine Kassette nicht getürkt gewesen wäre. – Wissen Sie, daß Sie Ihr Überleben eigentlich dem Speznas-Typen zu verdanken haben, der wohl den Auftrag hatte, Sie zu erledigen?« fügt Atkins ernst hinzu.
Brandon schaut ihn verständnislos an. »Wie soll ich das verstehen?«
Atkins druckst herum, scheint nach den richtigen Worten zu suchen. »Ich habe erfahren, daß unter unseren Scharfschützen ein paar CIA-Leute waren, die den Auftrag hatten, Sie hopsgehen zu lassen.«
»Was? Das darf doch nicht wahr sein!« Empört will sich Brandon aufsetzen, fällt aber stöhnend in die Kissen zurück. Sein Gesicht ist schneeweiß und vor Wut verzerrt. »Zum Teufel mit den verfluchten Schweinen! Ich bin NIS-Mann und habe jahrelang meinen Kopf für den Westen riskiert. Ist das der Dank?«
»Ich weiß. Das Ganze ist eine infame Schweinerei. Man wollte Sie opfern, damit ein CIA-Doppelagent im KGB-Hauptquartier nicht auffliegen kann.«
»Kreschnatik. Jetzt begreife ich!« Brandon verzieht verächtlich die Lippen.
Atkins' Blick ist ohne Illusionen. »Wir haben eben einen Scheißberuf, Peter. Sprechen wir von was anderem. Kann ich etwas für Sie tun?«
»Wenn Sie mir eine Freude machen wollen, dann rufen Sie bitte in Bad Godesberg an, Lionel. Sagen Sie meiner Tochter, daß ich sie gern sehen möchte. Marina – eine gute Freundin von mir – kann sie herbringen.«

»Wird umgehend erledigt«, antwortet Atkins fröhlich. »Übrigens, vor der Tür wartet jemand sehnsüchtig darauf, Ihnen gute Besserung zu wünschen.« Atkins geht zur Tür und läßt Oliver herein.

Jürgen Thorwald im Knaur-Taschenbuch-Programm:

Foto: Isolde Ohlbaum

Jügen Thorwald, 1916 in Solingen geboren, bis zum Zweiten Weltkrieg Student der Medizin und Philologie, danach Angehöriger der Kriegsmarine, wurde nach dem Krieg mit Büchern wie »Die große Flucht«, »Das Jahrhundert der Chirurgen«, »Die Entlassung« und »Das Jahrhundert der Detektive« bekannt.

Die Entlassung
Das Ende des Chirurgen Ferdinand Sauerbruch.
Roman. 224 S. Band 11

Hoch über Kaprun
Ein packendes Geschehen um das größte Kraftwerk Europas.
Roman. 298 S. Band 191

Der Mann auf dem Kliff
Ein ungewöhnlicher Kriminalfall – von Jürgen Thorwald meisterhaft erzählt.
Roman. 256 S.
Band 1042

Blut der Könige
Das Drama der Bluterkrankheit in den europäischen Fürstenhäusern.
192 S. Band 3468

Die Illusion
Das Drama der Rotarmisten in Hitlers Heeren.
367 S. Band 3428

Das Ende an der Elbe
Ein dokumentarischer Bericht vom Ende des Zweiten Weltkrieges.
344 S. Band 3093

Es begann an der Weichsel
Ein fesselnder und eindringlicher Bericht über den Zusammenbruch der deutschen Ostfront 1944/45.
304 S. Band 3092

Das Gewürz
Die Saga der Juden in Amerika.
592 S. Band 3666

Das Jahrhundert der Detektive
Weg und Abenteuer der Kriminalistik.
Band 1:
Das Zeichen des Kain
221 S. mit 37 Abb.
Band 3157
Band 2:
Report der Toten
223 S. Band 3160
Band 3:
Handbuch für Giftmörder
204 S. Band 3164

Das Jahrhundert der Chirurgen
Ein Klassiker der Medizinhistorie.
203 S. mit 43 Abb.
Band 3275

Macht und Geheimnis der frühen Ärzte
Die Welt der frühen Ärzte in den frühen Hochkulturen: Ägypten, Babylonien, Indien, China, Mexiko und Peru.
320 S. mit 300 Abb.
Band 3138

Die Patienten
Menschen wie du und ich stehen im Mittelpunkt dieses großen Tatsachenromans.
544 S. mit 14 Abb.
Band 3383

Die Stunde der Detektive
Werden und Welten der Kriminalistik.
Band 1:
Blutiges Geheimnis
298 S. Band 3210
Band 2:
Spuren im Staub
317 S. Band 3211

Das Weltreich der Chirurgen
Dramatische Höhepunkte und Niederlagen der modernen Chirurgie.
296 S. mit 26 Abb.
Band 3281